MERVIN ROMÁN

La negra Nicaela del diablo

La negra Nicaela del diablo

2019

La negra Nicaela del diablo

ISBN: 9781695458260

Primera edición 2019

Diseño gráfico: Basilio Guzmán

Editorial Verbo & Poder
1 (787) 793-4637

IMPRESO EN LOS ESTADOS UNIDOS DE AMÉRICA

Índice

La negra Nicaela del diablo

Primera Parte

ଔଓ

"... me quité el anillo porque sí. Que se conste, que yo lo que quiero es vivir en paz. Ya viví. ¡Qué va! Ya viví la pendeja vida que me dieron. La negra Nicaela ya vivió. Ya se casó y parió la prole necesaria. Ya estudió lo necesario. Ya acumuló lo necesario. Todo lo hizo como lo necesario, lo esperado, lo escrito, lo marcado. Ahora no. No desde esta mañana, cuando conté dos miserables arrugas pegadas a mis ojos. Las estrujé, vaya usted a saberlo, las estrujé como me estrujaban la boca en la escuela cuando decía "carajo". Pero las tales seguían ahí. Para más decir, las tales siguen ahí. Van a estar ahí para siempre. Van a traer muchas más para hacerle compañía. Y yo aquí, viviendo lo necesario, lo esperado, lo marcado. ¡No, qué va! Yo lo que quiero es vivir en paz, que, a estas alturas, es decir lo mismo que morir en paz. Sí señor, yo lo que quiero es morir en paz. ¿Se imaginan? Morir en paz".

ଓଠନ

"¡Nicaela! ¡Nicaela! Diantre de muchacha traviesa. Suelta el monte y agarra para la escuela, sajorí. ¡Nicaela" "Que no voy madre, que anoche soñé con la serpiente esa y no voy. Voy a buscarla y a cazarla". "Ah vaya, con lo que tiene que ver una serpiente y la escuela. Suelta el palo y coge para la escuela, para que cambies mundo muchacha, para que cambies mundo".

Cuando llevaron a Nicaela a la escuela, tenía ya los diez años. La llevaron arrastrando por lo moños. La halaron como pudieron y a empujones la metieron al asiento que, para entonces, ya era muy pequeño. La maestra, la señora López, le tuvo que dar su silla. "No seas pendeja Nicaela. Mira lo linda que están las paredes". "Yo no quiero ver paredes. Lo que quiero es irme para el monte". Pero Nicaela tuvo que mirar paredes. La nieve la emocionó tanto que tuvo que hacer la ridícula pregunta: "¿helado de coco?" Como todos se rieron, Nicaela se rio también, pero juró nunca más comprar helado de coco. Sería dificil tratar con una niña como Nicaela. Una niña que no distinguía entre la realidad y la fantasía. Cójase, por ejemplo, el caso aquél cuando le contó a su maestra sobre su madre: "quiero que sepa que mi madre tiene tratos con los espíritus. Y los tiene tan de lleno, que cualquier cosa que ella le pida, se lo dan. A mi madre no le gusta que la ajoren, ni que le den quejas de su hija. ¡Mire que el pueblo entero se cuida de no molestarla! Le cuento del día aquel cuando un hijo de la gran...” “Cuidado Nicaela, que no se te corra la lengua”. “Bueno, le cuento del viejo vecino que casi todos los días le daba quejas de mí a madre. Ella ya no soportaba el “que si Nicaela para aquí, que si Nicaela para allá” y ya el nombre de Nicaela se le salía a madre por las narices. Un día, decidió terminar con el problemita del viejo. Esperó a la media noche y buscóuno de los gallos más bolo que tenía. Le arrancó el cuello de una tirada. Escurrió la sangre por el camino y dijo unas cuantas palabras que ni el mismo diablo sabía el significado. La cuestión es que, al otro día, trata el viejo de venir a dar una queja de mí. Se lo juro, señora López, que cuando abrió la boca, le salieron una de escarabajos que apestaban a azufre. Del susto, el viejo no ha vuelto a hablar de mí. Qué le digo, no ha vuelto a hablar, ni de mí ni de nadie, porque el pobre se quedó mudo. Y ni, aunque le ha rogado a madre que haga algo para que los espíritus le devuelvan la voz, madre se queda lelita, como si con ella no fuera la cosa. Y allí está mudito como un muerto, esperando por la misericordia de madre”. La señora López no creía en brujería, pero, por si acaso, nunca se entrevistó con la madre de Nicaela, sino que le daba las quejas al Principal, el señor Berríos, para que fuera él quien hiciera las conexiones necesarias. Éste, por su parte, trataba de nunca tener que entrevistarse con ella, también, por si acaso.

La historia se encargaría de decir lo importante que sería Nicaela en los grados primarios. Visitaba al señor Berríos todos los días. Porque, todos los días Nicaelita del diablo, como ya le decían por costumbre, le arrancaba un pedazo de carne tierna a cualquier hijo de vecino que se le aproximaba. Intentaron disciplinarla, para ver si así descansaban de ella. Pero la Nicaela sólo pensaba en los montes que circundaban su casa, sólo pensaba en cazar serpientes, para ver si encontraba la del sueño. Nicaela se hizo famosa por contar historias. No pasaba un día que no contara una de sus historietas, Cada vez se le podía escuchar contar algo como "había una vez una mujer que era negra como yo. Como era tan negra, a la gente le daba miedo cuando se reía. Pero, lo más miedo que les daba era, que la negrita tenía tratos con el diablo. Según ella, le había vendido el alma al diablo, porque nadie la querría cuando se muriera, así que le iba a sacar provecho mientras viviera. Bueno, con decir que en el barrio, para asustar a los niños, les decían "mira contraya'o, 'tate quieto o te llamo a la negrita bembúa para que te asuhteh, que esa sí que se come a loh neneh cruítoh. Mira, que tiene la boca tan grande que se loh come de una sola boconáh". Y toditos se estaban quietecitos. Cada vez que la grifa pasaba, la gente se metía en sus casas a hacer lo que fuera. Un día, el comisario del barrio reunió a toda la comunidad, porque notaban que los perros y los gatos estaban desapareciendo. Todo el barrio determinó que eso era obra del diablo por medio de la negra. Así que, se fueron detrás de ella, no sin antes encomendarse a Dios, a las Once Mil Vírgenes y a cuanto santo conocían, por si acaso la negra les mandaba uno de sus maleficios. Poquito a poco fueron llegando a la casa de la negra y esperaron por el día, ya que nadie la podía ver de noche, a menos que no se riera. Cuando la atraparon, la agarraron a un poste y ahí mismito le pegaron fuego. La gritería que formó era para oírse en el infierno, con tal decir que, antes de morir, maldijo al barrio entero. Qué digo al barrio entero, a todos los que se rieran de todos los negros de ahí en adelante". Nicaela observaba las caras de los oyentes cada vez que decía un cuento. Así sabía si valía la pena acortarlo o alargarlo. Como los pobrecitos que escuchaban sus historias casi siempre parecían morir del susto, Nicaela los acertaba con un "y de ahí en adelante, todas las noches se ve, en todos los lugares donde viven negros, una negra desnudita en pelota y paseándose como dueña en un caballo blanco. La gente dice que es el alma en pena de la negra por haber hecho tratos con el diablo, que sale todas las noches a buscar almas de niños blanquitos que se burlen de los niños negritos. Y nadie sale de noche por miedo a que el alma de la negra se los lleve enredados".

A la señora López le dio conque no podía con la niña y se la espetaron a la señora Torres, una maestra con una reputación de disciplinadora. En verdad, la señora Torres nunca le pegó a ningún muchacho. Ella se las inventaba para encaminarlos por el buen camino. A la verdad, la señora Torres nunca se había casado. Le decían señora porque, precisamente, a los cuarenta y cinco años, aún no se había casado. A Nicaela le gustó la señora Torres, porque siempre le contestaba las preguntas: ¿cómo se hace la lluvia? ¿qué es eso de multiplicar? ¿cómo se lee? ¿por dónde sale un niño? Fue solamente, con la ayuda de la señora Torres, que Nicaela pudo encaminar sus energías.

Al señor Berríos le dio conque la señora Torres fuera la única maestra de Nicaela, lo que agradó mucho a la niña. Desde que le enseño a leer, la señora Torres le daba a leer muchos libros. Los más que le gustaban era los de aventuras. ¡Oh, cuántas aventuras leyó Nicaela! De ahí sacaba muchas para contar. Sin embargo, la señora Torres vio una natural gracia en la niña para las ciencias. Esta aprendía muy rápido las cosas tan difíciles de la naturaleza, del espacio, del aire. ¡Y cómo le gustaban los experimentos! Cada vez que tenían que hacer experimentos, Nicaela gozaba.

"Nicaela, ¿qué vas a hacer cuando seas adulta?" "Guerrillera". "Mhj, guerrillera, bonita profesión. Guerrillera de letras, guerrillera de inventos, guerrillera de imposibles. Porque quiero que sepas, Nicaela, que ser guerrillera es tomar impulso e irse a matar ignorancia, que bien que te lo mereces.

Nicaela dejó de asustar a los niños, pero nunca se olvidó de la serpiente. Después supo, en la clase de la señora Torres que, en el horóscopo chino, Nicaela era serpiente. Eso la consoló, porque así descubrió su naturaleza. Y dejó de cazar serpientes para matarlas. Sí señor, dejó de cazar a su yo.

Un día, Nicaela se quedó esperando a que su madre la viniera a recoger después de la escuela. Ya de noche, era de aceptar que ésta se había olvidado de la negrita. La señora Torres no la quiso dejar sola en su espera. Cuando se hizo más tarde, la señora Torres le dijo: "Vamos, yo te llevo". "No señora Torres, a madre no le gusta que la gente la visite". "Pero, esto es una emergencia Nicaela, quién sabe lo que haya pasado". Nicaela no pudo convencer a la señora Torres y tuvo que dirigirla a su casa. "No va a ser fácil que usted entre. Hay un portón frente al camino que no permite que nadie entre. Además, están los perros, que suman diez. Casi siempre están hambrientos y pueden despellejarla en cualquier momento. Será mejor que me deje a la entrada. No quiero que le pase nada". "Por mí no te preocupes, Nicaela, que yo sé cuidarme". Y así llegaron a la entrada del camino. "De nada valdrá que grite. La casa está muy metida y no se oye nada. Madre dice que es para que no la molesten". La señora Torres comenzó a creerle cuando llamaba y llamaba y nadie le contestaba. Luego escuchó la jauría acercarse cada vez más, hasta que los tuvo frente a ella, al otro lado del portón. Sumaban diez, tal como Nicaela le había dicho. "Será mejor que me deje aquí". La señora Torres concluyó que no había que ser tan incrédula. "Bueno, me imagino que ya tú estás acostumbrada al camino. Por favor, ve y dile a tu madre que yo estoy aquí esperándola para aclalarle algunas cosas". A Nicaela se le safó una sonrisa burlona y le dijo: "Bueno, entonces espérela". La señora Torres se quedó esperando, no sin antes meterse en su carro. La verdad era que la noche no eestaba como para estar muy expuesta. Además, estaban los perros. Además, estaba lo desconocido del lugar. Además... pasó exactamente una hora antes de que Nicaela llegara. Cargaba en sus hombros con un montoncito. "Madre dice que me vaya con usted, que ya no me quiere en la casa". "Pero, ¿se ha vuelto loca tu madre?" "Madre dice que si usted no me quiere, pues, que ése no es su problema". "Pero, ¿se ha vuelto loca tu madre?" "Madre dice que me las arregle como pueda, que después de todo yo soy muy lista y ya estoy grande". "Pero, ¿se ha vuelto loca tu madre?" "Madre dice que, si me muero o me vuelvo prostituta, a ella la tiene sin cuidado". "Pero..."

ꟼOꟼ

Abriendo las páginas del libro secreto de historia de la señora Torres, Nicaela se vio parte de las masas. Se educó y, como era bonita, se les abrieron las puertas de la fama. Nicaela se hizo rica y se casó. Parió dos hijos y se hizo socia del Club más reciente de su comunidad. La señora Torres vio esas páginas también con ella, porque, de tanto leer páginas de su libro de historia, la señora Torres sabía que un cáncer en su seno derecho, le provocaría, prematuramente, su muerte. "¿Ves Nicaela? La vida no es tan dura. Todo va a cambiar. Y, como perfecta serpiente, vas a enrollarte con los demás. Vas a ser guerrillera química. Vas a darle nombre a esta escuela". Y, como con la historia no se puede, Nicaela estudió, para así, llenar lo que ya la señora Torres le había enseñado. Sí señor, la señora Torres se encargó de que su libro de historia se cumpliera. La dejó contar sus historias absurdas de miedo, pero esta vez, le enseñó a escribirlas, en vez de proclamarlas a viento y popa. Esa energía innata que llevaba por dentro, la señora Torres la fue canalizando a través de los estudios tecnológicos. Una cosa que nunca hizo la señora Torres, fue obligarla a ser nada que no le gustara. Sencillamente, la llevaba frente a la puerta de algún futuro y le preguntaba: "¿te gusta?" Si NIcaela contestaba que sí, entonces, la señora Torres le decía: "pues lánzate. No hay nada que te lo impida".

A NIcaela le hubiera gustado leer que, por sus conocimientos científicos, descubriría la cura para el cáncer que mataría a la señora Torres. Hubiera querido romper la página donde vio la muerte de la señora Torres. Pero no pudo. Y la señora Torres le decía: "Nicaela, es importante morir a sabiendas; a sabiendas de que todo se ha vivido, a sabiendas de que te multiplicaste en otros". Nicaela respetó a su maestra. No rompió esa página. Pero, no pudo evitar la Nicaelita del diablo, escribir estas notas secretamente:

La científica Nicaela Valbuena descubrió la cura de un tipo de cáncer del seno, luego de varios años de investigación académica.

Esa nota fue su secreto, palabra que fue su secreto. La señora Torres nunca las leyó. Contra, ¿cómo decírselo, luego de haberla escuchado hablar tan bonito de la muerte? ¿Cómo decirle que había interrumpido su intimidad y trató de contra-hacer su historia? ¡Es que Nicaela la quería tanto!

Un día cualquiera le dijo: "Señora Torres, voy a enlistarme con el ejército nacional". Y ella, muy tiernamente le dijo: "enlístate en lo que quieras, Nicaela, pero, piensa, piensa en lo que verdaderamente quieres". "¿Podría ser como usted? ¿Tener un libro de la historia mía? ¿Solamente mía? Quiero saber como usted," "Para saber, no te puedes enlistar en el ejército nacional. ¿Te acuerdas? Tienes que ser guerrillera de estudios. Leer y estudiar". "¿Pero, y mi libro?" "Toma, aquí te doy este otro libro. Contiene un secreto, un secreto que descubrirás algún día, Cuando sepas. Prométeme que no lo vas a abrir todavía porque, el secreto no se dará, hasta que sepas".

Repito, no se puede con la historia. Nicaela hizo la historia. En el funeral de la señora Torres, la ya mujer Nicaela, con su negra belleza, pronunció el duelo. Y, allí anunció lo que aún nadie había escrito: "Quiero que sepa, señora Torres, que ya nadie morirá de su tipo de cáncer. Yo soy la responsable de eso". Y sonrió.

La mujer Nicaela se volvió famosa, rica y codiciada. Se casó y tuvo dos hijos. Pero, como ella no había tenido el libro de la señora Torres, no pudo haber sabido lo que serían sus hijos, hasta que crecieron. ¡Dios! De haberlo sabido, Nicaela no los hubiera parido. Uno fue el asesino de la niñez, al inventarse los juegos electrónicos. El otro fue el culpable del asesinato de la vejez, al crear los hogares de cuido permanente.

Allí, sentada en la mesa con su familia, Nicaela se acordó de su libro. Y creyó que ya era hora de abrirlo. Estaban vacías. Y supo, de alguna forma supo, que ya era tiempo de seguir caminando. De seguir a su serpiente. A escribir su propia historia.

"... me quité el anillo porque sí. Que se conste, que yo lo que quiero es vivir en paz. Ya viví.

¡Qué va! Ya viví la pendeja vida que me dieron. La negra Nicaela ya vivió. Ya se casó y parió la prole necesaria. Ya estudió lo necesario. Ya acumuló lo necesario. Todo lo hizo como lo necesario, lo esperado, lo escrito, lo marcado. Ahora no. Np desde esta mañana, cuando conté dos miserables arrugas pegadas a mis ojos. Las estrujé, vaya usted a saberlo, las estrujé como me estrujaban la boca en la escuela cuando decía "carajo". Pero las tales seguían ahí. Para más decir, las tales siguen ahí. Van a estar ahí para siempre. Van a traer muchas más para hacerle compañía. Y yo aquí, viviendo lo necesario, lo esperado, lo marcado. ¡No, qué va! Yo lo que quiero es vivir en paz, que a estas alturas, es decir lo mismo que morir en paz. Sí señor, yo lo que quiero es morir en paz. ¿Se imaginan? Morir en paz".

Vagó su mente y su cuerpo hacia el monte de su infancia. Allí, en la cima que da al mar, vio un papalote. Con el miedo que da el conocimiento, decidió soñar, romper la lógica y vencer su miedo. Se trepó sobre el papalote y se lanzó al vacío. Nicaela se lanzó a su historia, a escribir su propio libro.

Segunda Parte

En la casa de la playa soñé por diez años, un sueño de los que hacía casi una vida no había vuelto a soñar. ¡Los sueños! Si al menos la gente entendiera la importancia de los sueños. De cuando se flota en las esferas de la nada a sabiendas de que una no se va a caer, de correr sin rapidez, con pesadumbre, porque se sabe que nunca se llegaré a ningún lugar, ni primerito ni último. ¿Cómo no poder entender esa importancia? ¿Acaso no es como la vida? ¡Se vuela, claro que se vuela! Se corre. ¡Claro que se corre! ¿Se llega? Apenas se hace. Por eso me gustan los sueños. Ahora son mis aliados. Con tal, decir que la serpiente de mi infancia ha venido a ser los múltiples signos de la edad madura. Y este fue mi sueño

<<Caminaba por un sendero florecido y lleno de ruidos campestres. La laguna que vi fue la continuación del mar que se encontraba al final. Y todo estaba sujeto al espacio, sujeto al tiempo, sujeto a la lógica. Cosa rara, cuando se viene de un mundo alucinante. Vi un caballo de múltiples cabezas acercárseme y la serpiente, la bendita serpiente, estaba enroscada en su cuello. Me vi trepada sobre ese caballo. Me vi enroscada con esa serpiente. Me vi volando lo que se pareció una eternidad por sobre la laguna, por sobre

el mar, hasta llegar a la tierra prohibida. Una tierra distinta, donde ni la lengua ni los gestos son conocidos. En mi vida de científica había visto tanta extrañeza. Yo sé francés, portugués, italiano, inglés, alemán, árabe; mencione usted, yo sé hablar muchas lenguas humanas. Pero esta era desconocida, era la cero lengua. El caballo alado se detuvo en el medio de un círculo cenizo. La serpiente se soltó del cuello del caballo. Allí me quedé por un largo rato. De pronto, nadie estaba, no se escuchaba nada, no se veía nada. Allí estuve por lo que parecía, en mi sueño, una eternidad. Allí envejecí. Hasta que la vi. Vi a la señora Torres acercárseme con un libro. Esta vez, un libro nuevo. Me dijo: "Leelo, está lleno". Y lo leí. No recuerdo lo que leí, ¡maldita sea!, pero sé que cuando llegué a la última página, la señora Torres me cogió de la mano y juntas desaparecimos. Allí morí, con ella a mi lado. Cada una cargando un libro mágico.>>

Cosa rara en un sueño, como decía la señora Torres, donde una nunca muere, porque se acabaría el sueño. Aquí estoy pensando en el sueño. ratando de olvidar que una vez fui normal, parte de un grupo normal, de gente normal, con leyes normales y sucesos normales. A sabiendas, quiero destruir ese mundo, porque yo soy la misma negra Nicaela del diablo que no se sujeta a nada. Y escapé para soñar con lo que me diera la gana.

Estoy en una isla sin gente. Me he desligado del mundo. Soy, de pronto, parte anónima de mi propio monte. Soy yo misma la serpiente, que he dejado de perseguirme. Como la serpiente de mis sueños, estoy quieta, observando mi alrededor, no sin negar que soy capaz de comerme esta isla de un bocado. ¡Ah! Qué hermoso es sentirse libre. Poder decider la vida que una quiera. Poder soñar con lo que a una le de la gana. Poder, cuando se cumplen los cuarenta años, decidir comenzar, como si nada hubiera pasado. Ser precisamente eso, un pasado. No recordar que se tuvo responsabilidades ajenas. Haber sido responsable, eso sí, pero ya no serlo más. Vivir la vida escogida como un mismo sueño y ser para los demás, un pasado muerto, borrado, perteneciente a otra dimensión. No ser más responsable de nada. Sin nada que me relacione con el mundo que abandoné. Estoy sola y pienso vaciar mi mente en un hoyo. No quiero recorder. No quiero ser parte de nada.

Al menos, sin gente permaneció el lugar, hasta que veo la silueta inmóvil de una mujer en el agua. Está sujeta a un palo boyante. Reconozco que no es parte de mi sueño. Que aún no controlo todo, porque ya no estoy sola. Al menos, hasta ahora que veo la silueta inmóvil de otra mujer. ¿Recogerla? ¿Averiguar? Yo no quiero ser responsable, que no, que no lo quiero ser. Pero, sin embargo, tengo que serlo. Lo demás, lo percibo como parte de otro sueño. **Ir a su encuentro. Observarla muriendo. Tener que decidir. Sacarla del agua, tratar de revivirla. Observarla muriendo. Tener que decider. Decidir. Obligarla a vivir. Respirar. Cargarla hasta la cabaña.**

Acostarla en la cama. Quitarle la ropa. Vestirla con las mías. Cubrirla. Velarla el primer día. Sentir la fiebre. Cuidarla. Velarla el Segundo día. Sentir la fiebre. Cuidarla. Velarla el tercer día. La fiebre luchando. Cuidarla. Velarla el cuarto día. La fiebre cediendo. Cuidarla. Velarla el quinto día. No sentir la fiebre. Cuidarla. Darle a beber el caldo de plantas. Velarla el sexto día. Verle el color rosado. Darle a beber el caldo de pescado. Velarla el séptimo dí**a. Abrir los ojos. Tomar un caldo de frutas. Pronunciar palabras inentendibles. Dormir. Velarla el octavo día. Abrir los ojos. Esperar el noveno día. Es cuando comenzamos a comunicarnos.**

"Me llamo Ofelia. Vengo de lejos". "¿De dónde?" "De algún lugar que ahora no quiero recorder. Abandoné mi crucero. Sé que, con eso, abandoné mi única loca experiencia, a la verdad, mi única normal". Ella sobrevivió, no sabe cómo. Ahora está confundida. No sabe qué hacer.

Juntas llevamos tiempo. No puedo decir que Ofelia se comunica mucho. Desde que se presentó, Ofelia no habla, solo mira a su alrededor, como si le temiera a algo. Yo lo sé, porque al principio, yo también miraba a mi alrededor. Pero después una se acostumbra. Se acostumbra y se acepta que vivir sola es lo que se quiere, escapar, pensar y decidir si vale la pena volver. Yo ya tengo decidido no volver. Pero, ¿y Ofelia?

"Estoy embarazada". Yo la miro quedamente. Como científica, me parece peligroso que se esté embarazada en una isla desierta. Y no sé qué decirle. Querer decirle: "No hay doctores, no hay servicios y yo no quiero ser parte de esto". "Pero lo que le digo es: "Tremenda aventura a la que estamos expuestas. ¿Estás preparada?" "Si tú me ayudas, quisiera prepararme. ¿Me ayudas?

Ofelia es un ser en busca de algo y yo parezco ser su única esperanza. Así es que, tendremos que permanecer juntas hasta que pase lo que pase. "Y el padre?" "Es un misterio".

Yo sé lo difícil que es cargar con un misterio. Yo se lo dificil que es contar un misterio. Así es que no me interesa saberlo. ¿Para qué? Lo sepa o no, Ofelia y yo estamos solas, el padre no compondrá nada. "Todo se desenredará". "Tú no sabes lo que es la espera. La espera de la nada. Saberse acorralada, perdida, para después reconocer que se vive en una doble dimensión. Que no somos y a la vez somos. ¿Quién soy yo, Nicaela? ¿Quién soy para sentirme tan necesitada de nada? Sólo los grandes pueden aspirar a llegar a ese lugar donde nadie te moleste. Sólo los grandes pueden perderse, pueden desaparecer o aparecer a sus antojos. Pero yo, ¿cómo voy a desapaecer si quiero? ¿Cómo voy a aparecer si me arrepiento de desaparecer? Yo, que nunca he sido grande, que solo fuí una mancha de porcelana en una caja amarilla de oro, vestida con un disfraz diseñado con el color del dinero. Dime, Nicaela, ¿cómo espero lo que no sé esperar?" "Se espera, Ofelia, no porque se es grande, sino porque quieres dirigir lo que se espera. De pronto te enredas en la vida y descubres que no te gusta, que no quieres vivirla. Entonces decides esperar el momento, el momento mágico de re-inventar la vida, de re-vivirla, de re-escribirla. Y, sentada, esperando, llegas al momento de comenzar a des-andar. Estás aquí porque esperas lo inesperado, porque te das cuenta que no te encuentras en lo abandonado. Dime, ¿acaso no tengo razón en descubrir que nunca vas a descubrir el querer regresar, el des-andar lo andado, el des-nadar lo nadado por causa de un suicidio? Después de saber que estás embarazada, ¿no te interesa descubrir lo que no sabías esperar?" "Ay, Nicaela, si tú supieras, si al menos tú pudieras saber lo que me parece que he soñado. Porque quiero que sepas, que mi aventura tuvo que haber sido soñada. No se puede vivir de verdad la locura que viví".

¡Cómo quisiera tener el libro de historias de la señora Torres! Mi libro apenas comienza a llenarse, no puedo ver nada del futuro de Ofelia. No sé qué pasará. Por lo que quisiera tener el libro mágico de la señora Torres, es para leerle a Ofelia su espera. Quizás así se tranquilice, que así sepa que, después de comenzar a vivir a los cuarenta años, ya nada me extraña. Pero lo único que hace es llorar y llorar. Y tuve que romper con mi discreción. "A ver, mujer, cuéntame tu misterio; así quizás no llores más".

ଔଓ

El barco que me llevaría de crucero era precioso; había una inmaculada limpieza que me hacía pensar en el Clorox y el King Pine con que bañaban la casa los sábados por la mañana. Sabía que todo sería diferente por unos días. Tendría control de mi vida y de mi presente. No como siempre, que los demás decidían por mí. Como cuando me decidí a trabajar. Todos decían que no lo necestaba. Que si una muchacha de la familia no necesitaba pasar por esas humillaciones, que si pensara en lo que dirían de una mujer de mi familia, sirviendo de secretaria a unos dementes como los amigos de mi padre, que si patatín, que si patatán, hasta que me convencieron. Me dió temor enfrentarme al mundo, a los mismos que venían los domingos a mi casa para observar el juego de pelota por cable. De conocer a los que, supuestamente, me acabarían por prostituir. Nadie lo entendía. Nadie entendia mi deseo de ser tocada, de ser llamada, aunque fuera para acostarme en una cama. La indiferencia era lo más que dolia. A ninguna mujer le gusta ser indiferente. Al menos, que me digan algo, aunque sea hiriente, pero que te recuerde que estás ahí. De igual forma sucede en la casa. Vienen, juegan, se van... y nada. Solo que esos son deseos oscuros. Y me dió temor, temor al desafío, a saber, cómo se despierta una mujer de la alta sociedad. Cómo se ensucian sus bragas, cómo se manchan las sábanas. Me quedé quieta, escuchando los consejos de mi familia. No trabajé. Me convenció de algo Carmita, la muchacha que limpiaba mi cuarto. Ella veía todas las mañanas las sábanas manchadas de mi cama. Ella comprendía mi deseo escondido, mi espera de lo desconocido. "¿Por qué no se va de crucero?" "Cómo es eso?" "Allí sí que ocurren cosas". "¿Cosas como qué"? "Cosas como estar libre, sin que nadie la moleste, a menos que usted lo permita". "¿Permita qué?" "Lo esperado". "¿Y qué es lo esperado?"

De pronto, todo cambió. Decidí estar sola en este crucero y enfrentarme al mundo, sin la protección de mis padres. La limpieza de Carmita me perseguiría por todos lados, su limpieza absurda. Hasta que llegué a mi cuarto.

Una se pasa toda la vida siendo una pieza de un rompecaezas, cada pieza tiene su lugar asignado. Y ya te entran ganas de cambiar de juego. De que, en vez de ser tú la pieza, seas tú la que monte piezas. Y tienes algo asignado, una función específica. Que te conozcan por eso que más nadie puede llevar a cabo. Que seas algo con un valor específico. Capaz de levantarte un día y caminar desnuda, con el pelo revuelto y la cara lívida, sin maquillaje. De que seas capaz de abochornar al grupo de cívicas que viene a jugar naipes todos los viernes por la noche. De, inclusive, poder ser capaz de robarse el dinero recogido para alguna función benéfica. Ser algo distinto, pero no porque te lo enseñan, sino porque lo descubres. Montar tu propio juego, perderte en tu propio laberinto, ser tu propia arquitecta. Hasta que descubras el revés del juego.

El barco anunció la partida y yo me sonreí. Porque, cuando descubrieran esta forma de romper el ciclo, no sabrían qué hacer. Inclusive, dónde buscarme; porque Carmita me prometió que no lo sabrían. Yo estaría aquí, descubriendo si la verdad valía la pena. Si en verdad podía parecer un espejismo. Si podía jugar al doble. Dormir con la confianza de que no existiría rutina al otro dia, que no limpiarían las manchas de mi sábana. Ni siquiera, si existiría otro día. Dormir, dormir, dormir... "¿Señorita Ofelia, me disculpa?" me interrumpieron. "Tiene un aviso importante y urgente. ¿Se lo paso por debajo de la puerta?"

Al abrirlo, descubro que no conozco, ni la letra, ni la firma, pero eso no me detiene leerlo. Después de todo, esto le daba motivo a la aventura. <<Sé que el tiempo disponible es corto. ¿Por qué no lo disfrutamos antes de que se termine?>> Me dieron unos deseos enormes de salir corriendo, porque es verdad, el tiempo es corto, para ver si lo que dijo Carmita sucedía. Pero me detuve para ver si en verdad era a mí a quien buscaban. La noche se hizo importante para seguir durmiendo y con ese sueño, seguir esperando la respuesta a mis dudas. "Señorita?" "¿Sí?" "Mensaje".

Al leerlo, no me quedaron dudas, era a mí a quien buscaban. <<Por favor, ¿podría ser que en verdad no se atreva? La espero en la cubierta.>>

Al llegar a cubierta, veo a ese hombre parado frente al mar. Me le acerco y trato de sonar normal. Pero cuando él se da la vuelta, veo lo temible, la cara de un monstruo. "¿Le asusto?" "Bastante". "Necesitaba verla". "No, por favor, no podría...". "¿Se aleja? De bonita forma da por terminada la aventura. ¿No que quería montar piezas?" "Usted, ¿cómo lo sabe?" "Porque yo también cambié de lugar. Ahora soy quien pone las piezas. Usted me queda y no encuentro su lugar". "Será que no existe". "Existe, si, pero hay que encontrarlo". "¿Y el suyo?" "Soy un mito. De esos que le gustan a niños y a grandes". "¿Conocido?" "Por favor, no lo intente. Dejaría de ser pieza y su sueño no se podría realizar". "¿Me ofrece aventuras?" "Y mucho más. Le ofrezco encontrar su reflejo en alguna parte. Juntos podríamos realizar muchos sueños". "¿Y si no me gusta ese reflejo?" "Entonces, vuelva a ser pieza de adorno. Póngame a mi dondequiera". "Pero, ¿se podría regresar al principio, como si nada?" "¿Por qué no lo descubrimos?". "Me da miedo..." "Pero ya tomó su primer paso, no lo disuelva, no destruya la magia".

Hicimos magia, Nicaela. La primera noche, entró a mi cuarto con la seguridad que tiene el que está en todo su derecho. Me abrazó y me besó. Para mí era una nueva experiencia, Nicaela. No me fué desagradable ser besada por un hombre con la cara desfigurada. Sus labios eran desproporcionados, pero creo que esa desproporción era la que le daba placer al acto. Me zarandeaba como si fuera un tornado. Mientras hacía esto, sus brazos descomunales, gordos, velludos y fuertes me aprisionaban por la cintura. En un momento, sus brazos me oprimieron. Una vez dueño de mí, me tiró a la cama. ¡Oh, Nicaela! ¿Cómo detener a esa bestia, si yo era una misma bestia? A simple vista, cualquiera podía comprobar lo grotesco de su aspecto, pero a mí se me antojaba sublime en ese momento. Estaba poseída, Nicaela, de una pasión nunca antes vivida. Su dominio era inmenso, así que me intrigaba cómo iba a poder sobrevivir de esa experiencia. Pero mi monstruo supo llegar. Casi me desmayo. ¿Cómo se puede vivir tanta pasión? Luego, cuando ya me tenía hipnotizada con su erotismo, nos hicimos una sola carne. No pude, Nicaela, no pude más, porque había llegado a lo último que se puede llegar. Allí mismo, en algún momentoi, me llenó su tibieza, su interior, su mar, o llámalo, su yo.

Cuando pudimos hablar, le pegunté si siempre sería así. Desde ese día, ese casi hombre se hizo mi dueño. Ese monstruo y yo nos convertimos en una sola carne. Viví una pasión por diez días, hasta que desapareció. Se desvaneció de la faz de la tierra. Cuando lo busqué, descubrí que nadie lo había visto. El mensajero de mis cartas no estaba. Tampoco nadie lo conocía. Me quedé con la sensación de que había vivido un sueño;

desilusionada, asustada, defraudada, confundida. Yo le había permitido a alguien ser arquitecto de mi aventura, yo dejé de ser indiferente a alguien, ¿para qué? ¿Cómo es que los sueños se viven y te dejan una sensación de experiencia? ¿Sabes lo que es entregarte a tí misma? Pues yo le había permitido a alguien tirarme al vacío de la sensualidad y me perdí en ese momento del clímax. Por un segundo, repetido miles de veces, yo dejé de tener voluntad. Por un minuto, repetido miles de veces, alguien pudo hacer de mí lo que quiso, porque mi voluntad se había perdido en el segundo de la cadencia, en ese segundo de la nada que marca una entrega. Para luego descubrir que, quien te puede matar en un segundo, sin que le hagas frente, porque estás perdida, ha desaparecido. Te crees culpable y te crees usada y te crees abusada. Un desconocido violó mi ignorancia y desapareció como si nada, dejándome envuelta en un mar de contradicciones. Fué cuando pensé verdaderamente en el mar.

No quise regresar a la vida anterior y me tiré a ese mar que parecía llamarme. Quería morir sin enfrentar la vida que me esperaba. No quería ser parte de nadie. Quise morir y te juro que lo intenté. La escena se me hizo oscura. Creí, te lo juro, Nicaela, creí que me moría. Es más, creí estar muerta. Juraría que me morí, porque se produjo la misma sensación que se produce en una entrega. Me perdí, se me escapó la voluntad. Desaparecí. Lo demás, ya lo conoces, pertenece a esta isla donde desperté

Ahora descubro que estoy embarazada. ¿De quién? De un sueño. ¿No es cómico eso? ¿Qué será? ¿Otro sueño, un monstruo etéreo? Pensarás que estoy loca, ¿no? Yo misma lo he creído. Pero no, no estoy loca, estoy muerta y esto es solamene el otro mundo. Tú misma, Nicaela, tú eres alguien de otro mundo, ¿no?

ᴄᴓOᴤᴐ

Después de escuchar la historia de Ofelia, decidí que estaremos juntas en esta isla. Si de inventar historias se trata, Ofelia parece ser buena en eso. Si de vivirlas, se me antoja magistral. Por eso hemos hecho provisiones para el futuro. Querramos o no, cada una se introdujo en la vida de la otra. Para más, una nueva criatura lucha diariamente por introducirse en la vida de ambas. Lo nombramos desde el vientre: Safiro, si era varón; Damelia, si era hembra. Nueve meses después sabríamos que Safiro se llamaría. Ahora, solamente adivinábamos.

Ofelia es fácil de llevar. Tiene apenas dieciocho años. Parece que, al lado de mis años, yo soy su madre, pero yo no quiero ser madre de nadie. Esta es mi isla, yo soy su primera moradora, a decir verdad, yo soy su descubridora y le di posada a Ofelia. "Quiero que sepas, muchacha, que yo no soy tu madre". "Quiero que sepas, Nicaela, que yo no quiero tener madre". Le peino su melena rubia todas las mañanas. Le acaricio el vientre por las noches y le preparo brebajes de frutas para su consistencia. Según mis cálculos, parece una muchacha enferma. Me parece que su cuerpo es frágil y su resistencia baja. Pero yo no estoy para crear conflictos, sino para resolverlos, así es que no quiero decirle nada. Aquí todo es diferente, no hay espacio que sirva para decir nada. Lo importante es que Ofelia se sienta confiada para enfrentarse a lo que viene, a su sueño futuro.

Dibujo una estrella en la frente de Ofelia todas las mañanas. Cuando duerme, puedo ver brillar esa estrella. "¿Y para qué me pegas una esrella en mi frente, Nicaela?" "Por si acaso alguna vez te pierdes, encontrarte por el reflejo de la misma". Ofelia se me antoja un ser especial. Es un ser especial. Va a dar a luz una criatura de una nada, que una vez llamó monstruo, por lo distinto que era. Ahora, a casi nueve meses después de su llegada, Ofelia no quiere recordar la procedencia de su criatura. No sabe si debe dedicarle más tiempo de su memoria. Yo no quiero contradecirla. Así de misteriosa es, así somos todas, una que otra vez, en una que otra forma. ¿Por qué he de obligarla? Yo sé que el monstruo existe. Yo sé que el tal le dió un lugar en su rompecabeza. Nació Safiro. Para nuestro consuelo, nació monstruo como su padre. "¿Ves, Nicaela? Después de todo, no fué un sueño".

Construímos una cabaña para Ofelia y Safiro. Por las mañanas, tomamos jugo de las frutas. Durante el día, exploramos los alrededores. La isla es muy hermosa. Al centro, a unas sesenta millas de nuestra vivienda, se encuentra una laguna muy cristalina. Alrededor de esa laguna, hay árboles de casi todas las especies. Los árboles se extienden en el radio de unas sesenta millas, antes de dar la cara a la playa, que es donde se encuentran nuestras cabañas. Hay aves exóticas y animales que yo no consideraba que existían. En esta isla, cada cual encuentra su lugar. Lo transparente de la atmósfera me recuerda cada día, que estamos viviendo en una isla libre de contaminación. Podemos contar por las noches las estrellas y por el día, podemos ver, a una gran distancia, del paisaje. Por lo agradable de la temperatura, se me antoja que estoy viviendo en una isla del Caribe o cerca del mismo. Pero. la verdad es, que no podría afirmarlo.

Lo que más me gusta de la isla es el pozo que queda al lado norte del palmar, que queda al lado sur del camino que queda al lado oriental de la laguna. Es un pozo como el libro de la señora Torres. ¡Qué digo, como el libro de la señora Torres! ¡Mejor que el libro de la señora Torres! Ese pozo es un pozo de deseos. Allí vamos y pedimos las cosas que nos hacen falta. Eso sí, que se entienda, que no es un pozo de todo deseo. Es más, creo que lo de deseos no va. Es un pozo de necesidades. Sí señor, es el pozo donde vamos a pedir nuestras necesidades. Eso sí, que se entienda, que no son todas las necesidades. Es el pozo de las necesidades que por vía natural o la lógica, no podemos obtener. Sí señor, ahora sí que me explico. Vaya, pues allí vamos los tres y pedimos lo que no podemos obtener a través de la caza, la pesca o la agricultura. Pedimos ropa y materiales para la subsistencia. Pero el dichoso pozo trabaja a gusto y gana. Verá, una vez al año. las aguas de la laguna se agitan. Que no se atreva nadie a tirarse a la laguna mientras esta agitación perdura, que es exactamente, veintitrés horas con cincuenta y nueve minutos. Lo sé porque, la primera vez que ví esta agitación, se me cayó al agua un matojo de yerbas medicinales que fueron a dar al fondo del torbellino. De allí no salieron más. Cuando la agitación viene y, mientras perdura, corremos al pozo lo más pronto posible. Ofelia, Safiro, que a estas alturas cuenta con cinco años y yo. Si llegamos antes de que se termine el tiempo de agitación de la laguna, obtenemos una necesidad. Así es que, actualmente, como está constituída la composición social de esta isla, podemos obtener tres necesidades por año. Lo que nos ha parecido lo suficiente. A decir verdad, esta actividad del pozo se ha convertido en uno de los pasatiempos con que contamos, ya que la misma es toda una aventura. No me preocupa descubrir la lógica de esta situación. Para más, desde que conocí a la señora Torres, no me interesa descubrir la lógica de nada. Los estudios científicos me causan dudas, contradicciones, me quitaron todas estas ganas de descubrir la lógica de las cosas. De hecho, desde que obtuve mis conocimientos científicos, he podido pasar por las multitudes hablando y disertando con una sola ventaja: no explicar nada, sencillamene, decir las cosas. Ofelia y Safiro nunca me preguntan de nada tampoco. Para ellos era obvio que si yo, una científica que había descubierto la cura del c□áncer de senos hablaba, era porque era cierto. Los muchos disparates que dije en nombre de mi fama, en nombre de la ciencia. Pero eso es otra historia. La principal, ahora, es que en esta mi isla, yo sueño, digo y hablo lo que se me da la gana.

Ha sido otro de nuestros pasatiempos diurnos la experimentación de un jardín gigantesco, con ayuda de mis conocimientos científicos (un poco de inventos por aquí y un poco de embustes por allá), hemos logrado el mismo. Los frutos que recibimos de nuestro jardín nos dan de sobra para nuestra manutención. Cuando nos cansamos de comer los productos del jardín, cazamos o pescamos lo necesario. El balance ecológico es muy importante. Lo cuidamos. ¡Qué va! Es ley en mi isla no comer ningún pez o ave en estado de gestación, acabados de nacer o cuando están pequeños. Actualmente, Ofelia y yo estamos enfrentadas en una competencia que calculo tomará tiempo resolverla. Estamos compitiendo para ver quién va a ser la primera que logre la orquídea más grande. Hasta ahora, la de Ofelia parece estar ganando. Y es de suponer porque, mientras mi pasatiempo en la vida abandonada era contar cuentos, el de Ofelia era el de cuidar las flores del jardín botánico que sus padres tenían en un extremo del enorme patio de su casa. Y a la verdad, que a mí no me interesa la botánica. Así es que me sienta bien ver felíz a Ofelia, tratando de ganarme con su dichosa orquídea. La verdad es, que sé que Ofelia ganará la competencia. Por gusto, claro está, porque aquí todo se hace por gusto.

Cada vez nos damos cuenta de lo solos que estamos. Por las noches, para auyentar el sueño temprano, nos reunimos a inventar historias. Entre Ofelia y yo podemos contar miles de hitorias. A Safiro le gusta escucharlas. La más que le gusta es la del viejo Tingare. “Matriarca, cuéntame la de Tingare”. Y hay que contarle la historia por centésima vez.

<< Tingare era un viejo que casi no podía caminar. El pobre estaba solo en la vida. Así es que, para matar el tiempo, al viejo le dió con aprender el lenguaje de los animales.>> Ahí siempre me interrumpía Safiro para pedirme “como el tigre, anda, haz como el tigre”. Para que me dejara contar la historia, tenía que hacerle el sonido del tigre y así se aquietaba. <<Aprendió a hablar con los animales. Y todos los días aprendía un nuevo lenguaje. Está de más decir que para la aldea, el viejo Tingare ya estaba loco. Pero, ¿me puedes creer que el pobre viejo fué a parar a la silla presidencial de la aldea? Verán, la cosa comenzó cuando una vez, a la aldea, llegó un y que importante inversionista y que para incursionar en el futuro económico de la aldea. Lo que le pareció muy bien a los moradores de la misma. Sin embargo, después de un tiempo, lo que pasó fué que la aldea se hacía más pobre y el inversionista

se hacia más rico. Para más, además de rico, se había robado a la hija del presidente aldeano de su propio balcón. Como era el único inversionista, nadie le metia el diente. Este inversionista esclavizó a todo el mundo, obligándolos a trabajar para él sin recibir nada a cambio. Ya la situación parecía volver al tiempo de la esclavitud para esos pobres aldeanos, hasta que apareció Tingare, con su trabajoso caminar y voluntariosa decisión de ayudar. Todo el mundo se rió de él. Pero el viejo Tingare, simplemente, les pidió un día. Y un día le dieron, porque la necesidad es la madre de todos los inventos. Además, algo muy importante para los aldeanos: Tingare no cobraba ni un centavo por su favor. Y allá fué Tingare a parar, detrás de la mansión del inversionista, en una noche donde, ni la luna, ni las estrellas, se asomaron. Allí espetó las siguientes sartas de enredos: "Señor inversionista, está usted detenido. La aldea Guayabotas le da un plazo de un minuto para entregar las cosas robadas por usted, desde la inocencia hasta la hija del presidente". Como el inversionista no hizo caso, le dijo las siguientes palabras, que a la vez fueron las últimas advertencias: "En treinta segundos, una flota de animnales pasará por entre medio de su mansion; o se sale, o lo aplastan". Demás está decir que, los aldeanos que fungían de policías huyeron como alma que lleva el diablo, por si acaso. Luego de treinta segundos, desde la primera y última advertencia, espeta Tingare una sarta de sonidos salvajes, que se amplifican con los ecos de un fotuto que tenía preparado el viejo. Que si "GRRRRRRRRRRRR,", que si "CHHHHHHHHH," que si "CRLLLLLLLLCRLLLLL," que si "GRUGRUGRU,"quesi"CLOCLOCLOCLOCLO,"que si "JAUJAUJAUJAU," "KIKIRIKIKIRIKIKIKIRIKI," "JJIJIJIJIJI," "ZZZZZZZZ," "SSSSSSSS," y así por el estilo. De ahí cundió la confusion, porque aparecieron animales por todas partes. A la hija del presidente la salvaron de milagro, al inversionista lo pudieron reconocer por la ropa, porque parecía que una aplanadora le había pasado mil veces por encima. Los aldeanos, que seguían conservando su sentir ingenuo, aclamaron a Tingare como a un rey. De ahí lo proclamaron presidente de la aldea, porque dedujeron que, si se pudo enfrentar al inversionista extranjero, se podría enfrentar a cualquier hijo de vecino. La historia se encargará de hacerlo pasar de la silla presidecial aldeana a la silla presidencial mundial, por si acaso los marcianos exist□ían".

Difícil terminar el cuento así con Safiro gritando: "más sonidos, más sonidos".

"Y tu, Nicaela, ¿cómo llegaste a esta isla?" pregunta Ofelia.

ശ୦ണ

Hace años, decidí terminar con la vida normal. La pregunta era: ¿qué iba a hacer a los cuarenta años; cuando comienzas a contar tus arrugas, comienzas a mirar a tu alrededor y te ves cual eres, con un esposo muy ocupado y unos hijos ya grandes, ¿jugando a que no te necesitan? Y te das cuenta de que no vale la pena seguir ahí. Yo decidí que iba a materializar mi descubrimiento. Yo nací la negra Nicaela. A mí me bautizaron diez años después como Nicaela del diablo. Yo fuí alguien antes de educarme. Yo fui yo. A ver, imagínate este cuadro: el monte, las corridas, la libertad de estar rodeada de sonidos naturales, que de pronto se interrumpe porque, a alguien se le antoja de que tienes que cambiar mundo. Yo no quería cambiar nada. Pero allí me ví, tratando de averiguar cómo diantre se cambia mundo. Lo mejor que me ocurrió en la escuela fué conocer a la señora Torres, porque fué la única que me enseñó varias posibilidades de cambiar mundo. Si me hubiera dejado decidir, hubiera dedicido escribir historietas, como las historias que me dejaba leer la señora Torres. Pero me vi en el libro mágico de la historia de ella y pensé: "¿Cómo voy a desagradarla?" Así es que fuí lo que de mí se esperaba, viví la vida que se me señalaba, no sin tratar, a veces, mi propio camino. Mas cumplí lo escogido e hice feliz a la señora Torres.

Un día, aquel monte de la infancia se me hizo necesario. Volví a mi pasado, sin embargo, la casa ya estaba derrumbada, Madre había muerto. Los nuevos dueños no me dejaron caminar por los alrededores. Solamente pude ver el monte de mi infancia desde lejos. Ni porque les expliqué la importancia de matar un sueño, de estar con la serpiente que de niña se aparecía en mis sueños. Yo simplemene quería volver a los días cuando la buscaba. Pero no me dejaron. No les dije quién era, la científica importante, conocedora de la cura del cancer en los senos. Para ellos, yo era nada más que una que les podría robar el monte. Y me alejé de allí. Ya cargaba con mi libro mágico en blanco de historias. Yo cargaba con una mente llena de deseos, de aventuras, como siempre había sido la negra Nicaela del diablo. Te preguntarás por qué no consulté al nuevo libro mágico. Te diré, Ofelia, que mi libro era un misterio para mí. No había nada escrito todavía. Así es que, solamente lo cargaba conmigo, hasta poder descubrir su misterio, cómo funcionaba.

Una noche me subí a la montaña que colinda con el monte de mi infancia. Sorpresivamente, vi un papalote que algún niño habí□a dejado olvidado. Comencé a volarlo, como en una historia de las que leí en los libros de la señora Torres. Fué cuando se me ocurrió la idea de repetir la historia del niño que se había ido al cielo, montado en un papalote. Entonces pensé si yo, que ya no era niña, que ya estaba educada y no había sido salvaje por más de treinta años, podría también montar en el papalote. La mejor forma de averiguarlo era tratando, ¿no crees? Pues me monté y me lancé al abismo de la montaña. No la del extremo que da hacia el monte de mi infancia, sino hacia el extremo contrario, hacia el mar. Sorpresivamente volé, digo volamos el papalote y yo. Claro, no hacia el cielo, que en ningún momento, era mi intención.

Como habia descubierto que el papalote era dirigido por mi mente, digamos, una especie de control remoto, lo dirigía hacia bien adentro del mar, lejos de cualquier ciudad y más cerca de lo recóndito. Vi lugares conocidos, vi lugares nuevos. Pude contar cientos de barcos en el mar, inclusive, pude hacerles compañía a varios aviones, de carga y de pasajeros. Mi papalote no se amedrentaba por nada. Sin embargo, una noche me dormí. Hacía más de un mes que volaba en el papalote, sorpresivamente también, sin sentir hambre ni sed. Cuando me desperté, mi papalote iba derecho hacia el mar. Y nos estrellamos. Por fortuna, me estrellé cerca de esta isla.

El libro de historias siguió conmigo. Lo demás fué parte de los conocimientos que obtuve en varios cursos de supervivencia. Verás, como por varios años quise ser guerrillera, estuve visitando de incógnita Colombia. Allí me preparaba con cursos de supervivencia: cómo sobrevivir en casos de huracanes, en condiciones desérticas, en temperaturas frías o calientes, en selvas, en rápidos, hasta sobrevivir en las ciudades más cosmopolitas. De esa repetida experiencia, pude construir estas cabañas, cazar y pescar con maestría. Sencillamente, son muhas las cosas que sé, que supe, cuando arribé a esta isla, que podría sobrevivir. La naturaleza puede ser la peor enemiga, pero a la misma vez, puede ser tu amiga. Todo es cuestión de conciencia. Verás, como cualquier persona, hay que escoger los días para hacer con ella lo que quieras A veces no está de humor para darte pescado, entonces, hay que ir a cazar. Hay que saber el árbol que está dispuesto a aflojar para tus necesidades. Toma, por ejemplo, los animales. Si descubres su código de comunicación, sabrás cuándo no acercarte. Pero por lo general, puedes hacerlo. Y ya ves, Ofelia, esta es mi historia.

Por la cara que puso Ofelia, supe que no me creyó nada. Sin embargo, no lo dijo. Después de todo, ella también había experimentado una historia increíble. Simplemente preguntó: “¿Y el libro, lo tienes todavía?”.

ଓ○ဓ

Desde que había llegado, no había abierto el libro. Lo había enterrado bajo la palma solitaria que está en la parte occidental de la cabaña. Ofelia, Safiro y yo nos dirigimos hacia allí. Lo desenterré y con amor lo cargué hacia la cabaña. Ahora me dispongo a abrirlo después de varios años.

Para mi sorpresa, puedo ver todo lo ocurrido hasta ahora. Desde que me monté en el papalote, está escrito todo en el libro. Y luego la nada. "¿Qué significa todo esto?" "Creo que acabo de descubrir el misterio de mi libro, Ofelia". "No entiendo". "Verás, la señora Torres poseía el libro de la historia futura. Yo poseo el libro de la historia del presente, de mi presente eterno en esta isla. El libro funciona con las leyes de esta isla, como todo lo que aquí hay. No hay que entenderlo, ni tan siquiera cuestionárselo, sencillamente vivirlo, como todo en esta isla". "Entonces, ¿no podrás decirme nada de mí ni de Safiro?" "No lo creo, Ofelia, no creo que ni yo misma pueda saber nada de mí. Simplemente, recrear lo vivido en el momento. Vernos atrás, desde que llegamos aquí, porque lo demás, o es del futuro, o fué del pasado anterior a esta isla. Estamos en el hoy, Ofelia, en el hoy estático del tiempo. La señora Torres no me dió su mañana". "¿Pero, se puede vivir un presente estático? ¿En verdad se puede detener el tiempo, Nicaela, o solamemnte en la muerte?" "Te preguntas muchas cosas, Ofelia, cuando no debieras".

No es una isla grande la mía, pero tampoco es pequeña. Creo que estamos en el paralelo perdido. Creo que somos los afortunados de vivir aquí. Nos agrada la idea de estar solos. Ofelia es una madre abnegada. Safiro es un niño en cuerpo de hombre muy agradable, a pesar de su aspecto. Y yo no quiero saber nada de nada. Sí, estamos perfectamente aquí. Nadie le quitará a Ofelia a su Safiro del alma, aquí Safiro no es un monstruo, es simplemene Safiro. Compruebo día a día, en mi libro de historia, que estamos solos y me gusta. Me gusta estar sola en un tiempo estático, en una isla que no responde a leyes conocidas. Donde lo normal es lo anormal y lo improbable es lo probable. ¿Donde he leído esto antes? Creo que he leído muchos libros de la biblioteca de la señora Torres. Si, creo que he leído demasiado.

ଓOമ

Después de quince años en una isla, a una edad que parecen cincuenta y cinco años, pero que nunca puedes estar segura porque no puedes comprobarlo con tu físico, te das cuenta que estar solos no es provechoso.

Safiro ya tiene un cuerpo de hombre de cuarenta años. Sabes que simplemene tiene quince años. Pero parece un hombe de cuarenta años. Y tu crees tener más de cincuenta años. Y Safiro no es tu hijo. Es de Ofelia, que ya dejó de ser la niña que llegó un día, pero no tuyo. Y Safiro tiene un cuerpo de un hombre de cuarenta años.

Nicaela estaba lavando el pescado de la cena alrededor de la laguna que queda al lado oriental de la cabaña. La música de la naturaleza la hizo cantar. Y cantaba como si fuera una musa. Por eso, no pude sentir las pisadas de un niño-hombre como Safiro, que, al acercársele por detrás, no le demostró su mirada distinta, quizás no para Nicaela. Parecía decir: "Nicaela, tengo ganas de ti," pero dijo "vez "Matriarca" "¡Safiro, no te escuché venir!" Entonces Nicaela vió su mirada. No necesitaba de ningún libro de historia para saber que Safiro ya era un hombre, al menos quería serlo. "Y Ofelia, Safiro, ¿qué dirá"? "No me importa" "Sí, Safiro, creo que estás listo". Allí se derrumbó, alrededor de ella le quedaban todos los pescados de la cena. Precisamente, era ese el olor que más despertaba las ganas de Safiro. Nicaela lo pegó a su cuerpo. Y mienras lo estrujaba le decía: “Tranquilo, muchacho, que yo te enseño”. Cuando pudo, mientras pudo, le acarició sus partes descomunales. Parecía el mismo cuerpo que hacía quince años se le entregó a Ofelia en el crucero del Caribe. El deseo creció más todavía. A Nicaela le gustaba la idea que se le estaba metiendo en su mente. Antes de que su Safiro se descompusiera, Nicaela lo dirigió a sus partes íntimas. Parecía decirle: “Aquí, Safiro, entra aquí,” pero le dijo: “Tranquilo, hombre, hazlo con seguridad, como cuando entras al mar”. Y Safiro cogió experiencia. Allí se revolcaron por entre los pescados. El climax fué mutuo.

Safiro ya es hombre y tú, Nicaela, has vuelto a ser la negra Nicaela del diablo. Tener placer a lo que parecen cincuenta y cinco años es algo diferente, porque no tienes miedo. Te gusta, te gusta el sexo a esa edad. Te gusta el sexo con Safiro. Te gusta escaparte con él tres veces al día para revolcarte en cualquier paraje escondido, fuera de la mirada de Ofelia, que, a estas alturas, ya lo sabe todo. La pobre le gustaría preguntarte: “¿Y esto está bien, Nicaela?” Y tú le podrías contestar: “¿Y por qué no, Ofelia? ¿Acaso yo no hago lo que me da la gana?” A lo que Ofelia te preguntaría: “¿Pero con Safiro, Nicaela? ¿Acaso no es como tu hijo?” Y tú le dirías: “No, Ofelia, mi hijo no. Safiro es tu hijo, no mío. Yo no tengo madera de santa. Tu hijo me da placer y yo lo quiero seguir teniendo. Punto. Sajorí como el rayo, el monstruo Safiro seguirá conmigo". Ofelia, ya resignada dirá: "Lo que tú digas, Nicaela, nadie mejor que tú como dueña, para saber lo que se debe hacer en esta isla". Al menos así parece que sucederá. Después de todo, están solos en la isla. ¿Qué se puede esperar?

ઢOೞ

El ruido a centella me despertó antes de tiempo. Son como las cuatro de la mañana y me parece que escuché una centella detonar muy cerca. Cuando salgo, ya Safiro está afuera. Ofelia grita: "Nicaela! ¿Escuchaste ese ruido?" Cuando al fin los tres estamos afuera, pudimos ver la lumbre a lo lejos, detrás del monte de palmas que queda detrás de nuestras cabañas. "Nicaela, ¿qué será?" "El diablo, ese es el diablo que nos viene a buscar". "No digas tonterías, Safiro, el diablo no tiene tiempo para perderlo con nosotros". Si la señora Torres estuviera aquí con su libro de historias, yo hubiera podido ver que un avión se estrelló cerca de nuestras cabañas. Pero, como no tengo su libro, sino el mío, lo único que puedo ver son las caras de duda de Ofelia y la mía, la de miedo de Safiro, que, al fin y al cabo, es un niño grande. "Vamos a averiguar". "No, Nicaela, por Dios, no vayamos". "¿Y cómo sabremos entonces?" "¿Pero, y si es el diablo?" "Entonces, que nos lleve a todos". "A mí no, yo no quiero irme con el diablo". Le hubiera querido decir a Safiro que el diablo no era más feo que él, pero lo que le dije fué: "Safiro, el diablo lo llevamos todos por dentro. ¿Pero, es que no te has fijado?"

En el lugar donde la lumbrera nos dirigió,

pude comprobar lo que hubiera visto en el libro de la señora Torres. Una avioneta se había estrellado. Está envuelta en llamas, así descubrimos que esa era la lumbre que pudimos ver desde nuestras cabañas. No vemos más nada. Mi libro de historia, que ahora siempre cargo para comprobar que nada del presente se le escapa por contar, no muestra nada. La última página describe la escena que estamos viendo en esos momentos. Safiro se rie. "Gracias a Dios que no fue el diablo". Ofelia lo mira con pena. "Vamos, hijo, vamos a casa". Y regresamos.

Cuando llevamos unos minutos caminando, escuchamos algo. "Nicaela! ¿No escuchas?" "Si, escucho algo". "¿El diablo?" "Safiro, deja ya la chavienda con el diablo o vete para la casa, que bastante enojada me tienes". Sé que se calla por no enojarme. Nos dirijimos hacia el lugar del gemido. Allí vemos un hombre herido. "Nicaela, ¿quién es ese hombre?" Me doy cuenta que no puedo contar con Ofelia ni Safiro para esta empresa, así es que actúo como si ellos no existieran. Al acercármele al hombre, veo que su brazo está quemado. Lo muevo y entonces grita: " ¡Por Dios, no,que duele mucho!" "¿Puede caminar?" "Creo que sí, pero, ¡Ay, duele!" "Entonces vamos poco a poco". Y así recorremos el camino hacia la cabaña. Como el hombre no habla, solo se queja, no sabemos nada de él. Al acostarlo en la cama, lo desnudo y comienzo a curarlo. Le doy un líquido de uno de los árboles que nos circundan y se queda dormido. Una vez atendido el brazo, lo que nos queda es esperar. Veo la mirada de Ofelia. Una mirada rara y sé que le toca su turno, comprendiendo que este hombre va a ser de ella. Mi libro de historia sigue al día.

Ya Ofelia está en mi cabaña cuando el hombre se despierta. La dejo curarlo y escucho la convesación que tienen. "Y usted tiene nombre?" "Pascual". "Mi nombre es Ofelia". "¿Donde estoy?" "En una isla". "Sí, ¿pero donde?" "No sabemos, en una isla". "¡Por Dios, tiene que tener un nombre!" "Pues no lo tiene. Al menos, no lo sabemos". "Diantres, y el radar de la avioneta se averió quince minutos después de que despegamos". Tengo que interrumpir. "¿Despegamos?" "Sí, ¿no vió los cuerpos de los otros?" "No". "¿Tan mal quedó la avioneta?" "Se quemó". "¡Por Dios! ¡Qué forma de morir!" "Ofelia, donde está Safiro?" "En la laguna". "Nos vemos. Cuida a Pascual".

Safiro está en la laguna. Está esperándome, como de costumbre. "A donde vamos hoy?" "Hoy vamos a buscar muerto".

Todo el día, todo el santo día, buscando muertos. Encontramos tres cuerpos dentro de la avioneta, de niños todos. A más nadie. Safiro está llorando por los niños. ¡El pobre! Regresamos.

Ya Pascual se ve bien. Aparte de su brazo, todo parece estar bien. Ofelia ha cocinado y ahora nos disponemos a comer. La mirada de Ofelia sigue rara. "Encontramos tres muertos calcinados, todos niños". "¿Tres solamente?" "¿Cuántos eran?" "Quince conmigo". "¿Quince?"

"Sí". Sin apenas probar la sopa de mariscos, le digo a Safiro: "Vamonos". "¿A donde va usted, señora?" "Voy a buscar a los otros once". "Voy con usted". Miro a Ofelia. "Yo voy también". "Entonces vamos".

Once personas tienen que ser fáciles de encontrar. Pero ya es de noche y no podemos ver a nadie. Ofelia, Pascual y Safiro quieren regresar. Yo no. Necesito saber. Tengo conmigo mi libro atado a mi cintura, pero mi libro no dice nada. Simplemente, se lee lo que estamos pasando. "Váyanse, yo me quedo". "¡Por Dios, Nicaela!" Pero se van. Yo quiero soñar. Quiero soñar dónde están las otras personas desaparecidas. Me cueste lo que me cueste, voy a soñarlo. Porque desde hace quince años, en esta mi isla, yo sueño lo que me da la gana.

ઙO ॐ

Nicaela lleva diez años soñando sin darse por vencida. Pero, si abriéramos su libro de historia, ya que Nicaela nunca lo abrió durante diez años, pudiéramos ver que, en esos diez años, Nicaela había pasado por muchas cosas. Un día, Nicaela comenzó a escuchar voces. Siguiendo esas voces, Nicaela no quiso regresar. Para ella, al principio, eran voces de los desaparecidos. Pero por diez años no los ha encontrado; eso sí, los ha buscado. Esas voces la obligan a seguir buscando, sin querer regresar a Ofelia, Safiro y quizás, Pascual. La pobre, con lo mucho que la hubiera ayudado el libro de la señora Torres.

Al principio, Nicaela escuchaba que la llamaban como de lejos. "Nicaela" "Nicaela". Esa llamada incesante la dominaba. Pero luego, las voces eran imperantes: "Métete en la cueva y espéranos". "Dibuja un círculo en la arena y siéntate en el círculo hasta que lleguemos". "Haz una casita debajo del árbol de cereza y espera". Luego, cada vez que Nicaela sentía deseo de regresar a su cabaña, escuchaba llantos, quejidos o súplicas: "por favor, Nicaela, no nos dejes". "Nicaela, ayúdanos". "Dios nuestro, alguien venga pronto, ¡por favor!" Pero ya, a lo que parecía sesenta y cinco años, Nicaela sabía que tenía que tomar una decisión: o seguía las voces, o regresaba a la cabaña. Decidió regresar.

Cuando iba de regreso, Nicaela vió una masa de humo venir hacia ella. La tarde estaba caliente, casi quemaba y Nicaela sentía los chorros de sudor bajarle por la cara y el cuerpo como si la bañaran. La verdad es que iba empapada con el sudor. Al caminar, dejaba un trecho de agua salada, donde luego nacía el pasto más aprisa. El calor se sentía también en el paisaje. Parecía que ondas de vapor se movían en el aire. Por eso, al principio, Nicaela no le dió importancia a la bola de humo que se le acercaba. "Otra bola de vapor" pensaba Nicaela. Sin embargo, la bola de humo se iba dispersando poco a poco y, en su lugar, apareció un número enorme de personas que, al contarlas, sumabn cien. Más bien, eran ochenta y nueve niños con once adultos; diez mujeres y un hombre. Nicaela decidió abrir su libro de historia y los vió. Tuvo que leer muchas páginas anteriores, ya que como se dijo, desde hacia diez años no había abierto su libro. Como se dijo, las voces la tenían tan ocupada, que su libro, que solamente escribiá el presente, no lo encontró importante para su empresa. Pero ahora, ahora sí que el libro era importante para Nicaela porque, el presente de algún momento dentro de esos diez años, debía estar escrito y ahora, pasado dentro de lo que parecen veinticinco años que Nicaela llevaba con el libro, recogía el pasado de esas personas. Los vió y supo que eran los otros sobrevivientes de la avioneta de Pascual. Se alegró. Al fin podría resumir su vida tranquila.

ᘛOᘚ

Al llegar a la cabaña, no me sorprende ver a Ofelia con una fila de diez niños detrás de ella. No veo, ni a Pascual, ni a Safiro. Me abraza y parece decir: "Mujer, ¿donde diablos estabas?" pero lo que dice es: "Nicaela, Dios mío, creíamos que te habías muerto". "Pero ya ves, no me he muerto". "Es que Pascual dijo que..." "¿Dónde está?" "¿Quién, Pascual o Safiro?" "Pascual" "En la laguna. Verás, hicieron una mejor huerta". "Voy para allá". "Pero, Nicaela, ¿y esa gente?" "Regreso después".

Mientras los busco, abro mi libro. En el puedo ver a Pascual; primero cariñoso con Ofelia, luego adueñándose de ella. Puedo ver que procrearon niños de cada año, como hicieron los otros sobrevivientes. Y lo encuentro. "¿Nicaela?" También encuentro a Safiro. "¡Nicaela!" "Nicaela, creíamos que habías muerto". "Nicaela, yo sabía que regresarías". "Safiro, déjame a solas con Pascual. Espérame en la cabaña, ¿quieres?". Y se va como un niño contento, a pesar de que tiene veinticinco años.

Me siento con Pascual y comienzo a explicarle las cosas. "Verás, Pascual, ¿ves este libro? Pues este libro me pertenece a mí. Este libro recoge mi historia y la de los que se cruzan en mi camino. No me preguntes cómo lo hace. Es un misterio, lo será siempe. Lo importante es que entiendas que tú estás en este libro, porque el libro es mío. Por lo tanto, te agradezco que hayas cuidado a Ofelia y a Safiro por diez años. Pero ahora, ahora yo he regresado. Ésta es mi isla, éste es mi lugar y no voy a cederlo. Es mi decisión, o te vas, o te quedas, ¿comprendes?" Pascual me miró fijamente, antes de decir: "Nicaela, yo no tengo madera de líder, mucho menos de mártir. Por mí, el lugar es tuyo y no me interesa cargar con esta isla". Nos damos las manos mientras nos sonreímos. Pascual es mi amigo. "¿Dónde diablos estabas?" "Buscando a los once sobrevivientes". Pascual se ríe burlonamente. "¿Los encontraste?" "Sí, encontré a cien personas. Ochenta y nueve niños y once adultos, diez mujeres y un hombre". "¡Diantre de Pablo!" Diantre de Pablo y de Pascual, pienso yo.

ଔ○ଓ

Así de vieja como estoy, de alguna forma, los componentes naturales que existen en esta isla, no me dejan envejecer tan de prisa. Inclusive, conservo la fuerza de una mujer de cuarenta años. Por eso no me molesta mi edad. Mucho menos cuando Safiro se me acerca y me dice: "Nicaela, ¿me puedes hacer las cosas que me hacias?" Volvimos a la rutina sexual de tres veces por día. Una vez, Ofelia se me acercó y me dijo: "Safiro sufrió mucho en tu ausencia". "Me imagino, el pobre". "Después de un año sin verte, se fué a buscarte, pero no te encontró. Se deprimió tanto que tuve que consolarlo. ¿Te das cuante que las dos somos poseedoras de un secreto? Sabemos lo que se siente ser parte de un monstruo. ¿Ves que tenía razón? Nicaela, llegó un momento en que me creí rara; un ser repugnante o digno de rechazo. Si esto hubiera pasado en mi casa..." "Pero no estamos en tu casa, Ofelia. Estamos en mi isla. Dentro de las imposibilidades, aquí hacemos lo posible. He sido capaz de crear mi mundo. Aquí, las imposibilidades se ven desde un ángulo diferente al del mundo que dejamos. Es como si estuviéramos en dos dimensiones diferentes, nos hemos desdoblado. Nuestros cuerpos mantienen las mismas características con que vinimos al mundo, pero nuestra parte abstracta superpone otra realidad. Desde otro plano, para nosotros, vivirlo nos presenta la alternativa de vivir. Este mundo está escondido para los otros, pero presente para nosotros. Nuestro interior se recrea a cada momento, nuestra personalidad e individualidad se descubre al componer las piezas perdidas anteriormente y encontradas aquí. Nos hemos vaciado, nos hemos sentido aliviados del dolor diario, del pasado. Nos hemos adormecido en una creación distinta, hemos descansado. Hemos logrado interponer dos mundos y trabajarlos juntos. ¿Real? ¿Irreal? ¿Pero, es que importa? Hemos creado, nos hemos sumergido, convivido y solucionado fantasías. Por eso, aquí no importa la censura. No importa, inclusive, el futuro de esta situación. La urgencia es vivir lo que se quería vivir antes". "Pero, Nicaela, ¿es esto real? ¿Acabará algún día?" "Es tan real como tú lo quieras creer. Estamos recorriendo nuestras vidas, ¿no?" "Pero, todo es tan distinto". "Porque lo estamos enfocando de forma distinta, diferente a como vivimos anteriormente. Hemos traspasado el límite de lo aceptable. Somos una metáfora, Ofelia, la metáfora de la des-angustia, de la des-caída, del sueño colectivo, de lo atrevido, de lo imposible, del escape. Así es que tranquila, porque aquí, Ofelia, no se te censura.

"Vas a llevarte a Safiro a tu cabaña?" "No".

ঙOঞ

Desde la llegada de los otros, hace un año, otras cosas han cambiado. Hemos construído varias cabañas. Ahora hay una cabaña para Ofelia, la mía, varias contínuas para los niños, varias para las mujeres y una para los hombres. Nos relevamos en las tareas diarias. Ésta no es una isla normal, no podemos llevar las reglas de un mundo que no sabemos ni dónde está, inclusive, ni sabemos si existe.

Los problemas verdaderos aparecieron cuando ya, la para mí muchedumbre, sentía el hocio. Normalmente, sucedía al anochecer. Si no se estaba de turno con Pascual o Pablo, entonces el tedio era peor. Los muchachos eran bastante inquietos. Las madres protestabn porque no querían morir de cansancio. Buscaban algo que las relajasen y a la vez las mantuviera al cuidado de lo niños y los adolescents. Así es que, se me acercaron y me dijeron: "Queremos una asamblea".

Siento la necesidad de rescatar a la Nicaela del diablo de mis años de primaria. Porque esa sí que no se acobardaba de las asambleas. Tengo que volver al recurso rudimentario que me envolvía durante horas al cuento. Recurso que había abandonado desde que Safiro dejó de ser niño. Cuando le presenté la idea a los demás, les pareció interesante. Cada uno de los adultos se recordaba en la niñez contando algún cuento de brujas, de aparecidos, de muertos, de lo que fuera. Decidimos pasarle la costumbre a los niños y adolescentes. Safiro estaba muy entusiasmado; para mi placer, casi no se acordaba del cuento de Tingare. Y hoy en la asamblea, va a re-escuchar él y, por primera vez, los nuevos residentes de esta isla, la maravillosa experiencia del contar de la negra Nicaela.

Se cuenta que esta historia sucedió cuando yo era niña. Es más, no se cuenta, yo misma fui testigo de ella, porque la mujer del cuento era mi vecina, sí señor, mi vecina Tomasa que, en definitiva, fue una pobre mujer de esas que no tienen fortaleza. Lo del matrimonio no iba como lo pensó. Hacía cinco años que se había casado y Jaime parecía más un carcelero que el príncipe azul con quien había soñado varias veces. Jaime no le permitía asociarse con sus amigos. A los de ella los tenía asustados. Poco a poco se fué quedando sola. Yo trataba de visitarla, pero me daba mucho miedo que el tal Jaime me cogiera y nos trillara a ambas. A veces, pasaban meses sin que alquien la visitara y, cuando la visitaban, solamente se quedaban por unos minutos. El aislamiento físico era horrible, decía ella, pero ahora creo que lo peor era el aislamiento emocional. Jaime tenía la habilidad de poner una barrera de silencio entre todo el mundo, que podía durar semanas. Una vez de esas en que me atrevía a desafiar al mismísimo diablo, si se me aparecía...” Por favor, Nicaela, no menciones al diablo”. “Safiro, sin interrumpir, y si lo haces, no cuento nada. Los cuentos no se interrumpen, se escuchan de una sola sentada,” “Vale, mujer, yo lo mantendré callado”. “¿Ves? Ya se me perdió el hilo”. “Estabas en que una noche de ésas...” Ah, si, ya sé... pues, una vez la visité y esa pobre mujer se escococotó hablando. Yo nunca le dije que yo no entendía mucho de lo que hablaba, después de todo, no se debe interrumpir a nadie. Y esto fué lo que me contó.

<<Yo no sé cómo romper el lazo que nos une, mejor debo decir, que nos des-une. Mi madre me enseñó que el matrimonio es indisoluble. Antes de morir, me pidió que buscara un marido. Así podría morir en paz, sabiendo que al menos, alguien velaría por mí. Me es difícil aceptarlo, pero en parte tenia razón. Jaime nunca me ha pegado. Por lo de las tardanzas, siempre tiene una explicación: o es que el trabajo se ha extendido, o es mucho tránsito, o algo parecido. Cuando le recrimino lo de la falta de responsabilidad, me dice que, por lo fuerte que trabajan, los hombres tienen derecho a hacer un desarreglo y darse tiempo para ellos. Por lo demás, me dice que lo del aislamiento, que él llama protección, es porque no puede soportar la idea de compartirme con alguien. Como él es tan carismático, mis amigas, al llamarme por teléfono o visitarme por rareza, me dicen que lo que pasa es que Jaime es muy celoso y que eso tiene algo de positivo. Que al menos me demuestra el mucho amor que me tiene. Pero a mi no me gusta esto. Me hice la idea de un amor de películas. Nunca se me dijo que la luna de miel duraría el fin de semana que nos fuimos para la playa. Después, todo fué tratar de ajustarne a Jaime. A la forma como roncaba. A sus comidas preferidas y la

forma tan específica de cocinarlas, a la manera en que quería que vistiera, a sus demandas sexuales. Nunca se le ha ocurrido preguntarme mis deseos, nunca lo he visto ajustarse a mí. Jaime dice que la mujer es de la casa. No me deja trabajar. Dice que él es lo suficientemente hombre como para mantenerme. Que eso lo aprendió de su padre y que no rompería esa tradición, fuera por donde fuera el mundo de hoy día. Por lo demás, me lleva a las tiendas mejorcitas para comprarme lo que me haga falta y me da dinero para cualquier cosa. Pero, últimamene, se ha puesto negligente. Si no se le olvida darme dinero, está cansado para llevarme a las tiendas o llega muy tarde para llevarme. He querido aprender a conducir, pero Jaime no soporta la idea, dice que no puede pensar en un accidente y perderme. Quizás yo sea ingrata y deba dar gracias por el hombre que me ha tocado. Los hay peores. Y esto que me ha dado de pensar que hay otra mujer sea idea del diablo. Quizás tenga razón la gente cuando dicen que a los hombres no se celan, que ellos son de la calle. Además, esas son pajitas que le caen a la leche. Jaime tiene razón, yo debo dejar de ver tantas novelas y ponerme a hacer algo productivo. Sorprenderlo con un bizcocho, o cocinarle su comida preferida, o ponerme la batita transparente que a él le gusta mucho, o.... Jaime salió enojado esta mañana. Sé que es culpa mía, sé que le molesta amanecer con los platos sucios en el fregadero. Yo lo sé...pero lo hice de coraje.

Discutió conmigo y me pegó. Me pidió perdón pero, ya el daño estaba hecho.

Ahí quedé yo con unos hilos de sangre que me salían a la par que las lágrimas. Estaba tan oscuro, que Jaime ni cuenta se dió. Así que, cuando me tocó fregar ayer, el recuerdo se me hizo tan real, que no me dió la gana de limpiar los platos. No sé si hice bien, pero cuando Jaime puso el grito en el cielo, esta mañana, me reí por dentro. Cosas que le dan a una. Chiquilladas de mujeres, Nicaelita. Salió como alma que lleva el diablo. Hasta este momento no me ha llamado. El siempre me llama al mediodía. ¿Pero sabes? Será major que lave los platos de una vez y por todas. No sea que se aparezca Jaime y me busque otro problema. Además, ya no tiene gracia no lavarlos. Mira, Nicaelita, del fregado, las burbujas, es lo que más me gusta. Las manos enterradas en esa agua resbaladiza, cubierta por ese montón de bombitas transparentes, siempre me recuerdan mi infancia. Mami jugaba conmigo mientras lavábamos los platos. Cada burbuja aprisionaba un sueño. Era nuestra labor descubrir el sueño de la otra. A mí se me hacía fácil descubrir los de mami. Casi siempre giraban en torno mío. Que yo me portara bien en la escuela, que yo hiciera la primera comunión, que yo me casara con traje blanco y cosas por el estilo. Pero los míos, eran raras las ocasiones en que mami los adivinaba. Creo que el único que adivinó fué mi sueño de ser azafata. Quizás fué por la manía que tenía de observar el cielo hasta perderse cada avión que volaba sobre las montañas de nuestro barrio. Los demás, nunca los adivinó. Observo siempre las burbujas, porque así veo a mami en ellas. Feliz, como ella quiso morir, feliz porque estoy casada con un hombre que vela por mí. Hoy no la he visto.

Ayer vi un hombre con unos guantes de piel negra, con un agujero en el guante. No pude ver la cabeza del hombre. Eso es lo malo de las burbujas Dependiendo del perímetro de las mismas y del lugar donde empieza la imagen, se puede ver, o parte de la imagen, o la imágen. Como esta imagen comienza desde la mitad de la burbuja hacia arriba, la cabeza no se ve. Si no fuera por el agujero del guante izquierdo, juraría que esos guantes son los que Jaime se puso esta mañana cuando salió tan enojado, llamándome puerca. La imagen se movía a su gusto en la burbuja. ¡Ay, Nicaelita! Sé que estoy describiendo algo sobrenatural para los que no han descubierto la lógica de las burbujas. Estas son un espejo. Pueden ser el espejo del alma, de los pensamientos o de la vida. Yo lo descubrí a través de los juegos con mami. De alguna forma, veía esos pensamientos reflejados en las burbujas. Ella nunca me creyó, por eso nunca descubrió los míos. Desde que mami murió, procuré verla a través de las burbujas. Es mi forma de comunicarme con ella. La primera vez se me hizo difícil, pero ahora nos vemos tres veces al día. Solamente nos vemos, no he podido romper el límite del silencio y no nos hemos podido escuchar aún. Estamos trabajando en ese proyecto últimamente, a ver quien de las dos lo logra primero.>>

Nicaelita, no podía precisar cómo es que apareció esta imagen, reflejo de qué pensamiento era. Parece que el mundo de las burbujas es más complicado de lo que creía, ¿no? <<Nicaelita, acércate y observa bien, ¿no ves? ¿No ves cómo de nuevo aparece la imagen del guante roto?>> Pero les juro a ustedes que yo no veía nada. << ¿Cómo que no ves nada? Mira, muévete, tiene que ser por el ángulo donde estás parada. ¿Ahora, ves algo?>> Le tuve que decir que no, sin embargo, le pedí que no se preocupara por mí, ya que quizás me tomaría tiempo para poder tener la habilidad de ver cosas en las burbujas, lo que parece que la calmó. Acto seguido, le pedí que me explicara la visión. <<El hombre se está moviendo. Su mano izquierda, la del guante con un agujero, trataba de abrir la cerradura de mi puerta. Lo logra fácilmente, a pesar de que siempre la cierro con llave. Entra lentamente y da un movimiento giratorio de noventa grados. Ahora descubro otra imagen. Por cosas del mundo de las burbujas, me descubro a mí misma, pero el hombe es más grande y no se le puede ver la cabeza aún. Nicaelita, el hombre levanta su mano izquierda, la del guante con el agujero y veo que con un puñal lo lanza hacia el lado izquierdo de mi pecho...>> "¿Está usted bien, Tomasa? ¿Está asustada?" le tuve que preguntar, porque a la verdad que, los chorros de sudor de esa mujer podían apagar cualquier fuego. "No quiero ver nada más, Nicaelita, voy a romper la burbuja". Para mi sorpresa, trató de romper la burbuja, pero dijo que su dedo índice se detuvo a una milésima fracción de distancia, sin poder romper la burbuja. Ahora sí que estaba yo empezando a tener miedo. <<Sé que estoy observando mi propia muerte y no quiero seguir viendo. Estas gotas de sudor me corren por todo el cuerpo y mi incapacidad de romper la imagen de la burbuja me pone más nerviosa. Tanto mis piernas, como mis dedos, están petrificados.>> Hasta que el timbre de la puerta rompe con toda esa cosmosión. Era Jaime. Noté que en todo este juego con las burbujas habían pasado seis horas. Me escondí detrás de la puerta del ropero de la cocina. Cuando Jaime notó los mismos platos sin lavar, el enojo aumentó y su transformación fué diabólica. Comprobé que llevaba guantes de piel negra. Lo seguí comprobando cuando levantó una y otra vez su mano sobre Tomasa, llamándola alocadamente "puerca" "puerca". Y siguió esta escena: "Por favor, Jaime, déjame explicarte". "Te has vuelto una puerca, una de esas liberadas sucias, que lo único que hacen es pelear con los hombres". De nada valió hablar con él. Jaime no quiso escuchar razones. Traté de ver el agujero del guante izquierdo, traté de ver a través del índice de esa mano izquierda el puñal que le traspasaría el corazón a Tomasa. Traté de ver algo, pero la imagen se detuvo en el aire, porque el timbre de la puerta rompió con la furiosa imagen de

Jaime. Él abrió la puerta; un vendedor de vajillas se les presentó muy educadamente. Para mi tranquilidad, Jaime aprovechó esa oportunidad para largarse del lugar. Tomasa trató de rechazar la oferta y es cuando traté de irme, para no seguir viendo la expresión de diabla que Tomasa tenía, ni tener que ver con nada en esa casa de locos. A mi edad no entendía muchas cosas, pero cuando del diablo se trata, puedo distinguirlo a miles de millas por venir. Pero Tomasa se me puso enfrente y me miró extrañada, parecía que con temor. "Aquí sí que las enlié" pensé. Yo me sonreí con el vendedor, con Tomasa y conmigo misma. Le extendí la mano al vendedor y creo que le hice una pregunta boba sobre su producto, para ver si así compraba tiempo y pensaba en mi salida de esa casa. Recuerdo que me acordé de madre y maldije mil veces el nunca hacerle caso y ser tan sajorí. Tomasa hizo un gesto de resignación por no poder deshacerse del vendedor y siguió su tertulia conmigo. El vendedor, como convencido de la venta que iba a llevar a cabo, se sonrió y nos extendió su mano izquierda. No sin antes quitarse el guante de piel negra que llevaba, con un agujero en el mismo. Ahí sí que salí huyendo como alma que lleva el diablo.>>

ଓ○ଃ

Todo el mundo estaba en silencio, los adolescentes acurrucados unos contra otros, los niños ya se habían quedado dormidos, porque no entendían nada y los adultos miraban a Nicaela con ganas de saber más. "¿Y qué pasó?" "¿Cómo que qué pasó, Pablo? Si te lo cuento todo, no tiene gracia". "¿Eso es todo? ¿Y quién diablo entiende eso?" "Así son los cuentos de ahora. No se puede dar todo, lo demás es parte de tu imaginación". "Gran cosa, creo que mejor me voy a dormir yo también". Y se va todo el mundo. Nicaela se queda mirando un rato el fuego de la fogata que hicieron en el centro, con una sonrisa escondida entre los labios. Safiro se le acerca y le pregunta: "A mí me vas a explicar el cuento?" "Vamos a casa; te voy a contar el resto de la historia".

ଓଠ୫ଚ

Los gritos me despertaron a eso de las doce de la noche. Eran de Safiro. La conmoción fué tal que todo el mundo se arremolinó frente a la cabaña de Ofelia. De pronto, Safiro sale como un loco. “Nicaela, está muerta, se murió, Nicaela”. “¿De quién diantre estás hablando, Safiro?” “Mamá Ofelia se murió. Ya no respira, ya no mira, ya no...” “Quitate del medio, déjame ver”. Y veo a Ofelia tirada en el suelo, al lado de su cama. La veo como cuando la ví por primera vez, sin vida por dónde agarrarla. **Mirarla, tocarla, llamarla. No contesta. Abrazarla, llamarla, llorar. Cargarla, acostarla, llamarla. No contesta. Mirar a todos. Ver a Safiro llorando. Ver a Pascual preocupado. Saber que se muere. Llamarla. Gritarla. Estrujarla.** Fué cuando pude detectar un latido perdido en alguna parte de su cuerpo. “Pronto, traiganme compresas calientes”. Todo el mundo se mueve con la velocidad de un ave. Y comprendo la magnitud de las cosas.

No solamente Ofelia es la primera habitante de la isla, sino que compartimos la experiencia de habernos entregado a un monstruo. Cuando llegó a esta isla, le pude medir la carga de miedo que llevaba. Solamente, poco a poco, esa carga se ha ido alejando. Ofelia es parte de mí. Si Ofelia se muere, será la primera persona en morir en mi isla. No es lógico. No es lógico que alguien muera en esta isla, porque yo rijo sus leyes. Yo determino la muerte en este lugar y, desde que llegó Ofelia, determiné que si hubiera muerte, yo sería la primera. Yo tendría que morir primero. Yo quiero morir primero. Es lo lógico. ¿Qué estaba sucediendo? ¿Cómo saberlo? "Nicaela, el libro, busca el libro para ver qué sucede". Me doy cuenta que hace años no leo mi libro. Y es ahora cuando más lo necesito. Al menos, podría ver lo que estaba sucediendo.

Al abrirlo, puedo comprobar que Ofelia se está muriendo. Mirando páginas anteriores, puedo ver que Ofelia tiene un tumor canceroso. Me acuerdo de la señora Torres. Me acuerdo de mis descubrimientos científicos. Y me maldigo porque, por primera vez, quisiera estar en el mundo que abandoné, porque aquí no puedo ayudar a la persona que más me necesita. A una persona que amo. Me alejo corriendo hacia la laguna. Allí, con la luz de la luna y con el libro en mis brazos, maldigo el no haber abierto el libro antes y haber ayudado a Ofelia. Maldigo a Ofelia por haber venido a esta isla y maldigo el libro por solamente darme la historia presente de esta isla. Y vuelvo a desear estar en el mundo que abandonamos. Pero, en segundo lugar, no hubiera conocido a Ofelia. Reconozco que, ni con la vida, ni con la muerte, se puede. Que el ciclo es para todos y que llega a todos, no importa dónde vivamos. Y que no importa cuán escondidos estemos, la vida abandonada nos alcanzará. Con esta triste verdad me quedo dormida.

La despertó la certidumbre de haber soñado algo importante. De haber descubierto la clave: su libro. Al contrario de lo que había creido, Nicaela soñó que estaba escribiendo en su libro de la misma forma que escribió en el libro de la señora Torres. Soñó que escribía la cura de Ofelia. Comprobó que era un sueño muy lógico, porque como en el libro de la señora Torres, ésta nunca había escrito en él hasta aquel día, a escondidas y desesperada, Nicaela escribió la cura del cáncer de los senos. Ahora, ella estaba desesperada también. Así es que escribió la cura de Ofelia. Escribió la fórmula inventada con ingredientes naturales de su isla. Luego se paró y volvió a la cabaña. "Todos a buscar estos ingredientes". Los hizo buscar a todos. Cuando terminó la mezcla, fué a donde estaba el cuerpo casi sin vida de Ofelia, junto a Safiro, que no salía de su lado. Allí le aplicó una mezcla y le dió de beber un té. Y como una película, la historia se repitió. **Observarla muriendo. Tratar de revivirla. Observarla muriendo. Tener que decidir. Decidir. Obligarla a revivir. Respirar. Cubrirla con mis brazos. Velarla el primer día. Sentir la fiebre. Cuidarla. Velarla el segundo día. Sentir la fiebre. Cuidarla. Velarla el tercer día. La fiebre luchando. Cuidarla. Velarla el cuarto día. La fiebre cediendo. Cuidarla. Velarla el quinto día. No sentir la fiebre. Cuidarla. Darle a**

beber un caldo de plantas. Velarla el sexto día. Verle el color rosado. Darle a beber un caldo de pescado. Velarla el séptimo día. Obligarla a tomar un caldo de frutas. Dormir. Velarla el octavo día. Abrir los ojos. Y todos nos alegramos.

଄

Yo lo leí. Sé que leí ese libro. Son esos libros que te obligan a leer en la Universidad y que porque son famosos. No recuerdo el autor, ni tan siquiera recuerdo el título. Pero sé que leí una historia sobre un laberinto. Sí, trataba de las diferentes alternativas que se pueden tener y, según el camino que escojas, las experiencias varían. Trataba de laberintos con más laberintos. Yo sé que lo leí, pero no recuerdo ni el título ni el autor. Me acuerdo de la historia, porque me parece muy útil ahora. Desde que descubrí que puedo escribir la historia, en vez de dejar que ella misma se escriba, se me ha metido en la cabeza una duda: "¿Qué tal si me invento otra historia para mi? ¿Si en vez de vivir lo que he vivido, vivo otra historia? ¿Qué hubiera pasado si la señora Torres no me hubiera ayudado? Claro, tendría que volver al momento de conocer a la señora Torres, a ese preciso momento, para ver qué hubiera pasado sin su ayuda. Se me han metido muchas cosas en la cabeza. ¿Qué le hubiera sucedido a la niña Nicaela si no le hubieran arrebatado su monte? Yo sé que tengo que enfrentarme a una nueva posibilidad, porque poseo la forma de hacerlo. Poseo el libro mágico, poseo el poder de re-escribir historias, poseo el deseo. Así es que voy a soñar una nueva vida para Nicaela. Juro que esta noche la comienzo a soñar. Y Nicaela se perdió en la esplendidez de la noche, con lo que parecía ser el celaje de la señora Torres.

Tercera Parte

ശ൦ഇ

"Señor Berríos, aquí le traigo de nuevo a Nicaela". "¿Qué hizo esta vez?" "Le metió el dedo en la nariz a Marianita. Casi se la arranca de un jalón". "¿Cómo está la niña?" "Está sangrando". "¿Llamó a la madre?" "Sí" "Está bien, páseme a esa negra". Y le pasaron a Nicaela a su oficina. La sentaron frente a una silla. el esperó varios minutos que a Nicaela le parecieron horas. Cuando levantó la cabeza, la miró con odio escondido. Sin embargo, se aguantó para parecer profesional. "Creo que hemos llegado al máximo contigo. Si no hacemos algo ahora, esa madre puede demandarnos. La escuela no puede aceptar un escándalo así. Vamos a tener que hacer algo contigo". En esos momentos entró la señora Torres a la oficina. Venía con un pedido muy especial. Llamó aparte al director y le dijo: "Señor Berríos, permítame una oportunidad con esa niña. Creo que puedo ayudarla". "¿Y qué le hace creer eso?" "Verá, son corazonadas de la vida. Es como si lo supiera, como si estuviera casi segura. Es más, estoy segura. Algo así cómo que sé que estoy segura". El director la miró muy serio; luego miró a Nicaela. Por un momento lo pensó y dijo: "Mire usted, lo siento. Ésta ha ido muy lejos. La escuela no puede tomarse otro riesgo".

☙○❧

En el monte, donde pasaba más tiempo, desde que la botaron de la escuela, Nicaela se perdía por días. Trataba de encontrar una serpiente gigante que le aparecía todas las noches en sus sueños. Su madre le dijo, cuando la trajeron de la escuela: "Nicaela, ahora estás por tu cuenta. A mí no me molestes más. Si quieres vivir todo el tiempo en el monte, matando serpientes, allá tú. Yo te quise enderezar, pero palo doblao no endereza nunca. Eso sí, si me traen quejas de ti, te mondo a galletazo limpio. Porque yo lo que quiero es que me dejes en paz". Así es que Nicaela trataba de cumplir sus deseos internándose en su monte. A veces se entretenía por días. Nada, solamente matando serpientes, o escuchando los grillos del monte, o buscando caracoles debajo de las piedras, o los cucubanos en la oscuridad de la noche. Simplemente, ya nadie se preocupaba por ella. A veces pasaban horas, pero otras veces pasaban días. Y nadie la buscaba. Si alguien preguntaba a la madre: "Y la negrita Nicaela, ¿por qué mundos de Dios anda?" ella contestaba: "Por esos mundos. Vaya usted a saber; por el mismito centro del infierno, de donde vino su padre. Esa niña es del diablo, porque mía, ¡jum! Mía parece que no es". Y Nicaela vivió en ese su monte. ¿Aprendió a leer? ¿Aprendió a hablar con corrección? ¡Pues claro que sí! “El mismo diablo le enseñó”, dijo un día su madre. Pero la verdad era que Nicaela había hecho amistad con un escritor ermitaño en silla de ruedas, que vivía en un extremo del monte.

Diríamos que ese asceta era como de cincuenta años. Tenía un bigote que le cubría todo el labio superior. Su pelo azabache brillaba cuando le daba algún rayo de sol. Su estructura ósea no era muy sólida. Por el tiempo de inmobilidad, parecía que era un chico de quince años. Pesaba como ciento veinte libras. Su tez era un término medio del blanco y del negro. El polio había dominado su cuerpo por casi cuarenta y cinco años. Pero, cuando ese alguien insignificante para los demás, abría su boca, lo que salía de él eran mundos de sabiduría y conocimiento. Ante su voz y palabra, cualquier hijo de vecino se tendría que agachar. Era una pena que sólo una niña salvaje, de monte adentro, lo hubiera descubierto.

Al principio, se le hizo difícil a Nicaela el conocerlo. El ermitaño, acostumbrado a estar solo, no iba a abrirle las puertas al primer desconocido que se apareciera. Mucho menos a una niña. Despues de todo, ese hombe estaba ahí voluntariamente. No estaba en sus planes interrumpir sus momentos solaces por una impertinente mocosa.

Sin embargo, con lo que no contó el asceta fué con la tenacidad de Nicaelita. “¿Es usted el diablo?” Esa pregunta lo cogió de sorpresa. “¿Qué te hace pensar que soy el diablo?". "Es que usted es muy feo". "¿Y por eso me parezco al diablo?" "¡Qué pena! Yo creía que era el diablo". ¿Y por qué te apena eso?" "Porque a mí me dicen que soy del diablo. Así es que, pensé usted pudiera ser mi familiar". "Contrayá de muchacha, lárgate de aquí". Sin embargo, ya Nicaela habia abierto camino y, en el silencio de aquella arboleda monstruosa, el ermitaño no pudo contener una sonrisa.

Al otro día de ese primer encuentro, no pudo evitar el asceta desear ver a la negrita aquella. Así es que, disimuladamente, detuvo la silla de ruedas en el mismo lugar donde se produjo el encuentro anterior. Pudo escuchar las pisadas vírgenes de la niña y sabía perfectamente dónde se había ocultado. "Y a tí, ¿por qué te llaman del diablo?" Nicaela no tuvo escapatoria, así es que se salió de su escondite. "Yo no sé. Creo que porque soy negra" "¿Y el diablo es negro?" "Eso dicen. Al menos, madre dice que mi padre era el mismísimo diablo, malo y negro". "¿Y esa hija del diablo tiene nombre?" "Nicaela me bautizaron". "¡Ah, conque eres bautizada! Entonces no puedes ser del diablo". "No señor, mire usted. A mí me quisieron bautizar acabadita de nacer, porque nadie quería exorcisarme. Pero el cura se negó, porque yo no tenia padre. Así es que mi madre me llevó a la quebrada y allí mismo, donde fuí concebida, madre me echó agua. Como ella habla con los espíritus, madre dice que hizo un trato con ellos. Allí me llamó Nicaela. Para madre, ya estaba bautizada". "¿Y cual fué el trato que hizo?" "Que si alejaban el diablo, yo sería monja". "¿Y vas a ser monja?" "¡Qué va! Yo no". Madre dice que una serpiente que me sigue en mis sueños, es el diablo rondándome. Que, si no me meto a monja, perteneceré al diablo. Así es que me llaman Nicaela del diablo. Y que cuando sea monja, entonces se quita lo del diablo. ¿Y usted, tiene nombre?" "Me llamo Casimiro. Así, a solas. Casimiro". "¿Entonces, usted no es del diablo como yo?"

Desde ese día, Casimiro dejó de ser asceta y Nicaela dejó de ser ignorante.

"Te prohibo que visites a ese tullido. Debe tener tratos con el diablo cuando se fija tanto en ti," le dijo un dia su madre, acosada por los vecinos. "Madre, don Casimiro me enseña muchas cosas. No como en la escuela. Allí es diferente". "Un día de estos te va a enseñar lo que es diferente. Después no vengas con la barriga llena, que si te lo buscas, pues lo encuentras". Pero Nicaela nunca vino con la barriga llena. Al contrario, salía de aquella casa con un sinnúmero de libros. Libros que leía internada en su monte. Luego los devolvía. Eso sí, el escritor no le daba otro libro sin antes discutir el leído. ¿Qué motivaba a ese hombre buscar, en una niña como Nicaela, solamente, compartir sus libros? "Verás, Nicaela, yo fuí casado una vez. Fuí también padre. Pero hubo un accidente automovilístico. Así de la nada, de donde nadie se lo puede imaginar, se me arrebató a mi familia de un cantazo. Solamente me quedan los libros y el deseo de escribir. Para escapar, creo. Creo que para escapar". Y Nicaela vió, por primera vez, un hombre llorar. Juró, nunca más, hablar de su vida. Juró simplemente ser su amiga. La amiga del escritor en silla de ruedas. Un día le contó de sus sueños con la serpiente gigante. "Mmj, Nicaelita, creo que debes leer un libro que tengo". Y Nicaela leyó un libro del horóscopo chino. Allí descubrió que su signo era la serpiente. "Don Casimiro, entonces, ¿yo soy una serpiente también?" "Juzga tú misma". "Sí, Don Casimiro, yo soy una serpiente. Por eso me gusta tanto el monte.! Ay Dios! Voy a tener que dejar de matar serpientes. Don Casimiro, ahora entiendo. Yo soy esa serpiente gigante, así de grande voy a ser". Hasta que, años después, el escritor murió. Nicaela heredó los libros de éste. Todas sus novelas inéditas, que sumaban más de cien, las heredó Nicaela. También heredó su casa y el monte que colindaba con la casa de su madre. En total, Nicaela derramó una lágrima para Don Casimiro. "Porque se llora lo necesario y una es lo necesario. ¿Es que acaso alguien llora más de una lágrima?"

Nadie puede decir que Nicaela se crió salvaje como se esperaba. La muy sinvergüenza supo arreglársela siempre. Y todo el barrio la aprendió a querer. De cariño la llamaban la negra Nicaela del diablo. Pero eso sí, de cariño. Y es que se aparecía por las casas de la vecindad a preguntar cualquier idiotez: "¿Necesita algo, doña

Esperanza?" "¿Le busco agua al río, don Rafael?" "¿Le baño los caballos, don Nicanor?" "¿Le cuento una historia, don Fausto?" Hasta su madre nunca pudo deshacerse de ella; para más decir, hasta su madre le cogió un cariño, que nunca más quiso deshacerse de ella. Si alguien nuevo de la vecindad protestaba por la astucia de Nicaela, su madre contestaba: "No es hora de culpar a nadie. Hay caminos que se recorren porque se obligan a ser parte de una. Pero hay otros, los muchos, que no se pueden escoger. Se podría cambiar parte del rumbo, pero el cauce no hay quien lo detenga. Asi es que, aunque le duela, Nicaela seguirá siendo del diablo. Déjemela quieta, que esa un día va a cambiar mundo, sí señor, esa va a cambiar mundo". "¿Y cómo va a cambiar mundo, si no va a la escuela?" "Ay, vecino, si esa contrayá pudo cambiarme a mí, esa misma contrayá va a cambiar mundo. Oiga que se lo digo. Apunte el día. Apunte la fecha completita. Es más, apunte la hora en que se lo estoy diciendo: mi negra Nicaela del diablo va a cambiar mundo". Para nada, porque luego de varias semanas viviendo en la vecindad, el nuevo vecino preguntaba: "Doña Consuelo, ¿por donde anda la negrita Nicaela? Mire que la extraño mucho. Dígale que vaya a mi casa a terminar el cuento que comenzó hace días". Y la madre sonreía.

Todos los sábados, los que podían, se arremolinaban en el redondel del centro del barrio a escuchar a la Nicaela contar historias. Algunas eran inventadas, otras eran sacadas de los libros de don Casimiro, otras eran combinación de la imaginación y los libros de don Casimiro. La gracia que tenía la negrita era para envidiarse. Cuando Nicaela sabía que alguien no podía asistir a sus tertulias, ella le visitaba y allí, en la penumbra de su casa, le contaba una historia. Ah, ¡qué mucho quisieron a la negrita Nicaela!

Pero ya, con veinte años, sin don Casimiro como su mentor intelectual y las piernas pidiéndole calle, Nicaela miró hacia el futuro. Se acordó de cuando leyó del hombre flaco que se volvió loco y agarró un caballo y se fué a buscar aventuras. "Sí yo pudiera, si yo pudiera volverme loca y buscar aventuras". Cosas así pensaba últimamente. "Yo también me lanzaría por el mundo a pelear por mi vida, que después de todo, es mía". Y un día, así de momento, sin pensarlo, por si acaso, Nicaela se volvió loca y se fué en busca de aventuras. La forma como comenzó fué dirigiendo su caballo desbocado a un enorme castillo llamado K-Mart.

ଓଠଈ

Primera Aventura

Solamente duré un año en K-Mart. No valía la pena seguir allí. En verdad, me botaron de ese trabajo. No iba a dejar a nadie abusar de mí, así que me vi en la calle. Eso es preferible, a ser abusada por alguien que se cree en poder de mí, pero conmigo no. Yo ya sabía que el tal Rodrigo se pasaba enamorando a las otras mujeres de la tienda. Que pasaba rozando el trasero de las demás. Ellas se quejaban, pero entre ellas". ¿Y por qué no le dan una bofetada al enfermo ése?" yo protestaba. "¿Y me vas tú a pagar la comida, chica?" ellas replicaban. Y así seguían los diálogos. "Ni que fuera el único trabajo en el mundo". "Nicaela, estamos en recesión. O te las aguantas aquí o te mueres de hambre". "Pues me muero de hambre". "Claro, como tú no tienes hijos que mantener". "Pues que se mueran los hijos". "¡Qué barbaridad, mujer! ¡A la verdad que eres una bárbara!" Y un día, el tal Rodrigo se me acercó. Yo estaba en guardia. El no lo sabía. Poco a poco se fué acomodando. Yo me bajé un poco para recoger un trapo, para hacerle la acción más llamativa. El Rodrigo se creyó que lo estaba invitando, así es que se acomodó él mismo lo más visiblemente posible. Me rozó una vez. Lo dejé. Me rozó dos veces. Lo dejé. Cuando me rozó por tercera vez, le dije: "Si te lo sacas, te podrías masturbar mejor". "Entonces, vamos al almacén trasero" determinó muy confiado. Allá se lo sacó. Lo sacudió al aire como diciendo: "Mira lo que tengo para ti". "Acércate". "Lo que tú quieras, negra". Y allí mismo, sin pena ni asombro, le puse una ratonera que, al cerrar, le sacó hasta la sangre. Se lo llevaron al hospital. A mí me gritaron "diabla" "es usted una salvaje" "está usted despedida". Cuando fuí a recoger mis pertenencias, todas me miraban como diciéndome "Gracias" pero lo que me dijeron fué: "Te jodiste". Casi tengo que ir a juicio, pero el Rodrigo se convenció de que era mejor evitar el escándalo, que si el pueblo se enteraba que estaba medio castrado, que si ya yo estaba despedida, en fin, que me botaron, pero con gusto. Como escuché a una vecina decir: "Sarna con gusto, no duele".

Me tuve que ir a buscar otra aventura.

La negra Nicaela del diablo

Segunda Aventura

Madre, Los zapatos tienen su propia ciencia. Hay que entenderlos de veras, para poder venderlos. Cada estilo tiene su propísito. Yo los estudié uno por uno. Los que estaban diseñados para el trabajo, los deportes, la playa, la montaña, el baile, para coquetear, para mantener la postura, para, solamene, salir del paso, en fin, para todo. Yo los conocía uno por uno. Me he hecho famosa e importante en este trabajo. Y como tengo, según la gente, piernas lindas, les modelo los estilos a los clientes. La gracia es convencer: “Se□ñora, usted tiene una silueta de cisne, sus zapatos deben ir a la par con su silueta. Le voy a modelar una colección que está hecha para pies como los de usted. Le advierto, no todo el mundo puede usar los zapatos de esta colección,” “¿Por qué?” “Porque el corte es muy cerrado, la punta es muy estilizada y, solamente, pies delicados y singulares pueden llenarlos. Si usted los llena, entonces es usted una de nuestras clientas exclusivas. ¿Lo tratamos?” “Vale”. Y así iban varios cientos de dólares.

Todo el mundo va a la tienda y preguntaba por la negrita experta en zapatos. Como el extraño que llegó un día. “Nicaela, tenemos un cliente muy exclusivo. Quiere que lo atiendas en la trastienda,”

"¿Qué tan exclusivo es, señor Rivera?" "Es el dueño de un hotel en Suiza".

En la trastienda, se atienden solamente, a los clientes exclusivos ricos, que no quieren ser vistos. ¡Vaya usted a saber por qué! A estos se les tiene una colección diferente de zapatos. Les llamamos la colección verde, por lo del dólar. Tenemos un rito con esos clientes. "Bienvenido a nuesra tienda. Por favor, póngase cómodo". "Gracias, señorita Nicaela". "Ya sabe usted que aquí, en cuestiones de zapatos, es usted quien manda". "¿Qué gusto es el que buscamos?" "Quiero unos zapatos muy especiales. ¿Usted me entiende?" Definitivamente que lo entendía. Quería unos zapatos para su amante. "Aquí le traigo nuestra última adquisición. Viene de la Riviera Francesa y, región más erótica que esa, no existe. Estos zapatos tienen una particularidad: el taco. Está diseñado para hacer que la silueta de la mujer se vea estilizada y llamativa, un ángulo que parece decir: "aquí estoy, poséeme". Claro, eso sin perder la compostura de decencia. Usted parece que está caminando al lado de un ciervo, de un cisne o de un ave exótica. Le garantizo que, si no está satisfecho con el producto, lo puede devolver inmediatamente". Así le tumbaba tres mil dólares.

Un día entró un cliente con aire de rico, así es que lo pasó a la trastienda. Su pelo rubio, ojos amarillos, piel bronceada por algún sol del Caribe, estatura de seis pies y vestimenta de Ives St. Laurent contrasta mucho con su figura negra de pelo rizado, estatura de cinco pies con seis pulgadas y vestimenta de K-Mart. "Tienes unas piernas muy llamativas en un cuerpo monumental. "Gracias". "¿Cuáles son sus medidas?" "¿Importa eso para la venta?" "En mi caso, sí". "Treinta y seis, veinticinco, treinta y ocho". "¡Mujer, eres un monumento!" "¡Caramba, no lo había notado!" "Entonces, o no tienes espejo en tu casa, o estás ciega". "¿Qué clase de zapatos busca?" "Los que te acomoden a ti". "Entonces, le busco nuestra última adqusición. Vienen de la Riviera Francesa, la región más erótica que se conoce...". "¿A ti te gustan?" "Señor, estamos hablando de unos zapatos que no se pueden mirar, porque tienen un magnetismo muy grande". "¿A ti te gustan?" "¡Me encantan!" "Entonces, quiero la colección completa". "Vale, páguela ahora mismo y se la enviamos a donde usted nos diga". "A tu casa, cuando haya salido conmigo". "¿Por qué yo?" "¿Nadie te ha dicho lo hermosa que eres? Llevo seis meses buscando una mujer como tú. Tu color contrasta mucho con los colores fuertes. Te dan una apariencia de angel los colores pasteles. Yo tú, usaría los colores fuertes". "¿Y eso?" "Porque así todo el mundo tendría que saber que Nicaela va por la calle". "En serio, ¿adónde le envio el pedido?" "Es un regalo para ti. Todo el mundo me recomendó conocerte. Por eso vine". "Pues perdió su tiempo. Me imagino que todo el mundo le habrá dicho que iba a perder su tiempo". "¿Por qué no te dejas ir?" "Porque yo no estoy en venta".

"Entonces, no compro nada". Salió a la calle sin comprar nada y yo acabo de salir con mi último pago. "Creo que mejor me vuelvo al barrio, con mi monte, con mis libros".

ଔଓ

Nicaela salió de su segunda aventura como el guerrero caído. En nada se parecía al flaco, ni al gordo de la historia que leyó en el libro aquél, del que no se acuerda, ni de su autor, ni del título. Pero, no por esta caída salió triste. La alegría de volver a tumbar a otro cazador de mujeres le agradaba. Sin embargo, se acordó de las palabras que un dia don Casimiro le dijera: "Nicaelita, cuídate de la sociedad. La gente no está preparada para una joven como tú. El ser bonita, pero negra, no te dará el triunfo. La gente no te perdonará nunca lo de negra. En vez, te tratarán como a una candidata para puta. Porque hombres, los tendrás, pero a trastienda". Y se acordaba de las palabras que le contestara: "Ay, don Casimiro, de eso no tenga temor. Yo nunca seré puta porque, a mí no me interesan esos hombres. Yo lo que quiero es ser libre, que nadie me moleste ni me detenga el vuelo. ¿Usted cree que sea posible?" "No, Nicaela, no podrás ser libre. Porque quiero que sepas que ni tú misma te dejarás ser libre". "Por primera vez, Nicaela se miró en el escaparate de una tienda, para estudiar su cuerpo. Esta vez se en su piel y dijo a sí misma: "Me jodí, soy negra".

ଓ෴

Querida madre:

Atáquese. Ahora soy recopiladora de hazañas. Esa es mi nueva profesión. Le juro que ésta es la que me va a durar toda una vida, porque esto sí que me gusta. Llevo años recorriendo mundos en barco, en tren, en avión, en auto, a caballo, en bicicleta, en patines, en fin, en cualquier cosa que me facilite la movilidad. He conocido todo tipo de gente. Se estará preguntando cómo es que obtuve este trabajo. Como sabe, regresé al barrio por dos razones: porque me desilusioné de las aventuras de trabajo y porque me hacía falta la vida del barrio, del monte, de los libros de don Casimiro. Sin embargo, madre, ya sabe que luego de varios meses, me desaparecí sin avisarle a nadie. Perdóneme que la haya incluido en ese grupo, pero es que usted no sabe lo difícil que se me hizo de pronto la realidad. Ya adulta, una debe estar segura de lo que quiere. Mis aventuras en los trabajos me ayudaron a descubrir algo: lo inconforme que estoy en la vida, los deseos de ser libre. Madre, nunca le dije que no me gusta la Nicaela que todos ven. A veces quisiera estar en una isla desierta, sola, donde nadie me moleste. Otras, quisiera estar con mucha gente, donde tenga a quién contarle las historias que me circulen por la cabeza. Y hay varias veces, madre, donde quisiera internarme en el monte y quedarme por siempre con la maldita serpiente gigante, para así ya ser yo. ¿Será verdad que cree que la serpiente es del diablo? Entonces, entienda que yo también lo sea. Bueno, lo importante es explicarle los sentimientos que nunca le confesé antes, porque después de usted aprender a quererme, no la he querido interrumpir con mis estupideces. Sin embargo, hay veces como hoy, que necesito hablarle, madre, como nunca lo hemos hecho. ¿Verdad que no es tarde? ¡Ay, madre, a veces creo que, si fuera maga, o tuviera algo mágico, así como una varita o un libro, rehiciera mi vida por completo! Así, con la ayuda de la magia, las cosas fueran como a mí me diera la gana. Si, madre, a mi gusto y gana. Entonces fuera feliz. Sí, creo que yo y, todos los que me rodean, fueran felices. Pero la realidad es que no existe la magia. No hay, ni varitas, ni libros que rehagan mi vida. Por eso me vine a Nueva York. A ver si así cambiaba mi suerte, a ver si podía ser libre.

Al llegar a Nueva York, me encontré más perdida que un juey bizco. Le digo que, las personas que me enviaron allí, lo que hicieron fué tirarme en una finca de manzanas y allí me olvidaron. Madre, yo crecí en el monte, pero estos montes son diferentes. El frío le parte el alma a cualquiera. Y en estos montes no hay grillos, ni cucubanos, ni colores, ni nada. Se lo juro, madre, no hay nada. Cuando reuní lo suficiente, me uní a un circo y me fuí a recorrer mundo. ¿Que qué hago en el circo? Soy trapecista, madre. ¿Vió usted que de algo me sirvió la trepaera en los palmares y los árboles de mi monte? Así es que he llegado a conocer las más grandes historias que ningún libro pueda recopilar. Ni don Casimiro podría inventarse tantas historias como las que yo encuentro en el camino del circo. Algunas de las hazañas recopiladas parecen embustes, pero créame, madre, que son verdaderas. Usted me cree, ¿no? Se las ofrezco, para que sea usted la que pase juicio. Usted dirá si le gustan o no. Es más, reuna al vecindario entero y léaselas. Haga un concurso para averiguar si son verdaderas o no. Entreténganse con ellas, como lo hacían conmigo. Dígale a don Fausto, que hay una, específicamente, que le va a gustar, pero que mejor no le digo cuál de ellas es, para que no se arruine la sorpresa. ¿Ve usted, madre? ¿Ve usted que la amistad con el escritor don Casimiro sirvió para mucho? Lo muy orgulloso que debe estar él de mí donde quiera que esté.

Bueno, pero no la entretengo más. Lea la primera que le envío y léasela al vecindario entero, es lo único que le pido. Todas estas experiencias, muy bien pudieran ser las mías, si no fuera porque las recolecté de otros. Usted me cree, ¿no? Yo sé que muchos me tenían muchas veces por mentirosa. Pero yo soy tan mentirosa como cualquier humano, que miente algunas veces y otras no. Mi profesión es recopilar historias, así que, es improbable mentir en algo tan serio como lo es la profesión de una. ¿O no?

Esta historia que le envío la recopilé de un compañero del circo. El pobre me la contó una noche entre lágrimas. Yo lloré mi lágrima necesaria, madre, porque añoro mucho mi monte y a todos ustedes.

Se despide, hasta la próxima, su hija la Negra Nicaela del Diablo, como todos me conocen, de nueva profesión; recopiladora de hazañas.

☙○❧

Hazaña de Manuel

Desde que Manuel se metió en el bote, supo que había cometido un error muy grave. Claro, con el frío que le partía la cara, con el hambre de perro y lo peor, con tanto tiburón rondándole, cualquiera se arrepiente. Tomó la decisión de salir de Cuba sin pensarlo. Sólo lo activó la idea del cambio, de la aventura, de algo diferente, de la posibilidad de ventilar secretos a los cuatro vientos. Pensó que, quizás, un cambio le iría bien. Lo que son las cosas del ignorante. ¿Se podrá sobrevivir de este viaje tan arriesgado? Esto no se lo dijeron antes. Ya presentía que algo raro tramaba el gobierno. Si no, a quién se le ocurre mandar a tanto ciudadano a... Y por algún motivo, supo que la decisión fue errónea. Son cosas que se presienten. Aunque nada le había ido mal al principio. Desde su pedido al presidente de la calle para emigrar, hasta su partida por el puerto de Mariel, todo había salido a pedir de boca.

América la grande, la liberal, la rica, la democrática, la cristiana, la... Sus parientes cubanos le dijeron, con un aire de pa' qué te quiero: "Pero, Manuelito, chico, ¿qué te dió con embarcarte? Aquí no vas a hacer nada, mi'jito. Los marielitos son todos unos ladrones y ya tú sabes, nos pueden confundir...” Y portazo por aquí y portazo por allá. De ahí fué a dormir a las capotas de los carros y donde le cogiera la noche. <<Cuándo salí de Cuba...>> “¡Ay, mi Cuba!” <<dejé mi patria, dejé mi amor>> “¿Se podrá volver?” <<Cuándo salí de Cuba...>> “¡Si se pudiera!” <<dejé enterrado mi corazón>> Total, allí no pensaba en América. De Miami pasó a New Jersey. Pensó que allí sí hay buenos cubanos y creía que hasta unos parientes lejanos.

Las calles de New Jersey no eran diferentes de las de Miami. Todas eran duras. Lo que sí era distinto era ese maldito frío que le traspasaba los tuétanos de los huesos. Y el carro donde dormía no le cubrían del frío. Mucho menos, cuando le tocaba el turno de dormir en la capota. “Miguel, te cambio este hot dog por dormir adentro”. ¡Pero que va! Miguel ni se inmutaba. Cada dos noches, cambiaba el turno con el mojaíto Miguel y el nicaraguense José, para dormir en la capota y no había hot dog que lo evitara. “¿De dónde venía ese maldito frío tan penetrante? Tal parecía que le cortaran la cara con un cortafrío. No, un cortafrío se queda cortito. Si la cortaran con miles de navajas. Así, como en las torturas. Hasta que, por la Virgen de la Inmaculada y el santo de los pobres y enfermos, el todopoderoso Lázaro, se encontró al boricua Juan. Con el dinero que le daba Juan trabajando, podría ahorrar dinero y volver a Cuba, pensaba. ¿Tú estás loco, Marielito? ¿Cuándo tú has visto que un cubano exiliado pueda volver a Cuba? "Yo volveré". Pero, cinco años no fueron suficientes para ahorrar. Apenas daba para vivir. "Manuel, tienes una carta". Vaya, vaya, ya hiciste amigos y hasta te escriben. ¿Vamos a ver, cuéntame, de quién es la carta? "Juan, ¿me prestas un sello para enviar esta carta?" "Dile a Celia que te dé dinero y comida". "Celia, que dice Juan que me des..." ¡Cinco años! Pero chico, no te puedes quejar. Ya no duermes en aquel cacharro de carro. El cuartito que rentaste está barato. ¡Claro! ¿Si no, cómo diantre ibas a comprar ese otro carrito que tienes? Y, sobre todo, te escriben a menudo. "Manuel, correo" Y que a Cuba no se va en carro, si no... "Celia, cuando envíes tus cartas, envíame esta también". Y que las ideas de Fidel siguen vivitas y coleando. "Mira, Marielito, to' ustedes son o ladrones o locos o patos..." Y que la revolución sigue dando candela..." "Yo no, yo no le he robado a nadie, ni estoy loco". Yo no sé por qué quiere regresar a Cuba, con lo que ha conseguido. Ahora se pasaba de baile en baile. Apuesto a que tiene novia. Claro, parece que es un secreto, pero que no se preocupe, que en la vida todo se sabe. Y que, si lo averiguo, lo sabrá todo el mundo, porque lo que soy yo, todo lo cuento. "Tengo que escribir la carta de hoy". ¡Ah!, conque esas tenemos, cartas todos los días. Mira, m' ijo, escucha los consejos de quien sabe, a las mujeres no se las aman tanto. Déjala sufrir un poco. Que si carta todos los días. Con razón te estás arruinando. Anda, Marielito, dime cómo se llama. Apuesto que es la muchacha aquella que... Y ahora te da con perfumarte todos los días y practicar el baile. Como ahora, que estás en el Tropical Gate bailando el son montuno ese que toca la orquesta Mayambé. Si parece que, hasta está empezándote a gustar América. “Mañana lo veo, ay, ay, ay, carijo, mañana es la cita” Y cómo bebe el condenado, como si se hubiera sacado la lotería. Pero, a él, Cuba no se le olvidaba. <<Y volver, volver, volver, a tus brazos otra vez.>> “Ay, que no canten eso, que me duele el corazón”. “Pero mañana lo veo, eso fué lo acordado en las cartas”.

Pero, se le partió el alma en dos mitades cuando iba de camino a su casa. Les tocó a Celia y a Juan irlo a reconocer. Los parientes, ni se dieron por enterados. “¿Manuel? ¿Manuel qué? No, si creo que se equivocó de familia”. “No, Celia, yo no conozco a ningún Manuel”. “Cómo dijiste que se llamaba? ¿Manuel? ¡Uy!, en la vida conozco yo a nadie con ese nombre”. De colecta en colecta, los boricuas y los otros marielitos te achicharraron el cuerpo por un precio especial del crematorio. Te echaron las cenizas al mar...así era más práctico y más rápido.

ᏈΟᏋ

Madre:

Espero, que haya leído la primera hazaña. Espero, que se la haya leído al barrio entero. Como sé que usted no me puede contestar, porque siempre estamos moviéndonos de un lugar hacia otro, le indico que ya no quiero enviarles hazañas. Yo asumiré que usted recibió la primera y que el barrio las ha escuchado. Triste. No quiero sufrir con estas cosas tan tristes. El mundo está hecho de cosas tristes. Y la negra Nicaela no quiere llorar. Me equivoqué, no sirvo para esto tampoco.

ঙ০৯

Madre, en este viaje conocí un hombre, con mi misma profesión. Si, madre, él también es recopilador de hazañas. Las historias que tiene son interesantísimas. El está escribiendo el libro de sus recopilaciones. Ese libro se podrá comprar uno de estos días. Mire a ver si el barrio entero puede conseguir uno. Quizás don Fausto, el de la única tienda del barrio, pueda adquirir varios ejemplares. Es más, yo misma me encagaré de enviarle los datos necesarios cuando el libro salga publicado. Quien sabe, quizás yo misma pueda comprar varios y enviárselos. Para darle una muestra de la calidad, importancia y magnitud de este escritor, le enviaré una experiencia vivida por él mismo. Espero que el barrio entero la disfrute. A propósito, conocí por esas islas del Caribe a un escritor que quiere que yo le ayude con una novela que ya escribió, pero parece que no está bien hecha. El dice que, como yo tengo una imaginación del diablo, quizás pueda revivirle la novelita. Sin embargo, yo lo que sé es, que quiere que yo le preste las copias de unos libros de don Casimiro que él vió un día en el baúl. Sí, madre, todavía cargo con los libros que heredé de don Casimiro. Si supiera que esos son mis verdaderos amigos. ¿Qué cree usted, madre? ¿Cree que se los debo prestar? Yo tengo mis dudas. Una novela que ha pasado por dos concursos declarados desiertos, no deben tener mucho que ofrecer. Aunque claro, todo el mundo sabe que no se debe confiar en los concursos. ¿Que qué es eso de desierto? Verá, eso, en palabras del barrio, quiere decir que nada sirve. Porque, que uno no gane un concurso porque otro lo gane es una cosa. No es nada del otro mundo encontrar a otro mejor que uno. Lo que sí es triste, es no encontrar a nadie bueno. Y un premio desierto quiere decir eso, que nadie es bueno, que no hay calidad. Digo, esa es mi opinión, madre. Pero don Casimiro decía que yo tengo unas opiniones muy raras, así es que no me escuche mucho. Pero aconséjeme ¿qué hago? Diga usted si mejor le cuento al escritor ese de lo que trata el libro de don Casimiro y de ahí partimos. Don Casimiro me hizo prometerle que yo nunca iba a prestar estos libros. Y con los muertos no se juega, hay que respetarlos. Usted misma me enseñó eso. ¿Recuerda? Fué cuando un día me aconsejaba lo importante que era dejar de contar historias de desaparecidos, hasta que me iniciara como usted, que no fuera que se aparecieran de verdad. Por eso mismo las dejé de contar.

Por lo demás, todo va bien en el trapecio. Los otros días, por poco me escocoto de uno, pero todo estuvo bajo control. ¡Ay, madre, que mucha falta me hace! Pero, reconozco que tengo que aprender, antes de volver.

ఆOజ

Madre:

¿Cómo van las cosas? A mi me van de lo mejor. Aparte de la tristeza que tengo por volver a mi monte, todo me va de maravillas. Ya sé que ustedes, en el barrio, se estarán ensorrando mucho. Me imagino que las cartas que les envío son la única diversion del barrio. Pero no se preocupen. Yo trataré de enviarles más historias con más regularidad. Tengo ya muchas. De alguna forma la gente del circo me busca y me cuentan sus vidas. Una vez alguien me aconsejó escribir un libro. Pero no, yo creo que mejor es enviárselas a ustedes para que se entretengan.

Lo del trapecio va muy bien. Si viera la ropa linda que tengo que usar. Si, madre, son trajes de baño, claro que, aquí, no se les llama así. Se estará preguntando si ya tengo hombre. Déjeme decirle que, desde que usted me contó, cuando yo era niña, lo del hombre aquel que la violó, a mí no me interesa casarme. Sí, madre, yo aún recuerdo esa historia. Me acuerdo del día cuando usted se me acercó y me dijo: "Nicaela, no es que yo te odie, lo que odio es cómo viniste". "¿Cómo, madre? ¿cómo vine?" "Una vez un negro cimarrón, hijo del diablo, apareció por la charca donde me estaba bañando y se sirvió a gusto y gana de mí. Me dolió mucho. Luego supe que estaba embarazada. Lorenzo, mi novio para ese entonces, me dejó, porque ya no era virgen. Así que, me quedé vestida y alborotada. Mis padres murieron poco después y, desde entonces, estamos solas. Lo siento, Nicaela, pero te pareces tanto a ese hombre". Claro, que después usted me aprendió a querer. Le doy gracias por eso. Sin embargo, no espere nietos de mí. Yo no nací para eso.

Le cuento que, ayudé al escritor aquél. ¿Se acuerda? El que me pidió que le ayudara. Bueno, madre, las cosas que suceden son para reírse. Pues bien, le expliqué al escritor aquél del contenido de los libros de don Casimiro. Específicamente, se interesó por uno, del que hablaba de la retórica de la ficción. Pues bien, una vez se la expliqué, leímos su novela de nuevo. Madre, déjeme decirle que, esa novela es un lío. Habla de cosas raras, de sangre, de sexo, de incesto, de locos, en fin, de muchas cosas fuertes. Yo por mi parte, traté de ayudarle con mis consejos, algo así, para darle vida. ¿Usted me entiende? Luego, siguiendo el manual del libro de don Casimiro, el escritor, que también era medio vago, me dejó hacerle unos cambios de aquí y otros cambios de allá. La cosa es que, la novela quedó mejor. Hasta el mismo don Casimiro hubiera estado orgulloso de mi labor. Casi le tengo que re-escribir la dichosa novelita. La publicó con un nombre que ya ni me acuerdo.! Ay, ¡madre!, olvídese, no me acuerdo del nombre de la novelita esa. ¿Me puede creer que mi nombre no aparece en los créditos de la novela? Déjeme explicarle, los créditos es un aparte que se le guarda a todos aquellos que te han ayudado a escribir un libro. Cualquier ayuda, madre, ya sea física, como moral. Si yo escribiera un libro, los créditos irían a usted, al barrio, a don Casimiro, al recopilador professional de hazañas, hasta a este escritor medio vago que ayudé a re-escribir su novela. Sí, madre, hasta a ese señor, ya que, con esta experiencia, he aprendido la importancia de los créditos. En fin, que esos son los créditos. Pues yo no recibí ninguno. Ni tan siquiera me mencionó en las entrevistas que le concedió a la prensa. Si, madre, hasta varios amigos periodistas trataron de ayudarlo dándole publicidad a la novela. Pero, el nombre de la negrita suya no apareció, ni por los centros espiritistas. ¡Ay, perdóneme, madre, se me olvidó lo de su advertencia!

¡Usted se preguntará el por qué alguien es capaz de una bajeza semejante! Madre, le explico que, eso sucede con los que practican el escribir, pero no quieren aceptar que alguien los ayudó, para así darse coba. Así, si el

texto triunfa, el tal escritor puede echárselas de grande, de inteligente, de importante, qué se yo, madre, de todo, menos de estudiante. Eso pasa por mala fe. Pero, como dijera don Casimiro, "esa es una gota de agua sacada de un manantial". Se lo cuento a usted, solamente, para que sepa lo rara que es la gente. Prométame, madre, que usted no se lo dirá a nadie. Es que yo le prometí a ese escritor no decirle a nadie que yo le re-escribí su novela, para así no avergonzarlo, ya que él se las da de inteligente. Hasta en eso quiero ser leal.

Antes de que se me olvide, el libro del colega recopilador de hazañas va a salir pronto a la venta. Dígale a don Fausto que se lo enviaré.

Bueno, no la entretengo más. Con amor se despide,

La negra Nicaela del diablo

ଓଠ୭

Madre:

Ahora sí que me partió un rayo. Quiero informarle que, ésta será la última carta que le envío. Por desgracia, ya no sé lo que haré de ahora en adelante. Madre, déjeme contarle.

Acabo de partirle las sienes a un desalmado, que trató de hacerme lo que le hizo a usted el que me procreó. ¿Cómo iba a dejarlo? ¿Usted se cree que yo voy a pasar por lo que usted pasó? ¿Entonces, para qué me he estado cuidando tanto de los hombres? ¡No, qué vá! Conmigo, no, y perdóneme usted, pero de mí no se abusa. Así es que, le partí las sienes al infelíz. Ahora voy para la cárcel. No, madre, no se preocupe, que voy con gusto. Después de todo, no seré, ni la primera, ni la última.

Lo que sí le digo es que, renuncio a la profesión de recopiladora de hazañas, de aventurera, de todo. Dirá usted: Pero ¿cómo va a ser eso, ahoa que vas a escuchar historias por un tubo y siete llaves?" Pero no, madre, no me siento como para recoger historias de nadie, cuando las mía son tan desgraciadas. Qué cosa, madre, hay momentos en que quisiéramos re-andar la vida. Yo nunca más podré re-andar mi vida, aunque, a veces creo que nada lo evitará. Sólo que, mientras más re-ando, más quisiera re-andar de nuevo. ¡Qué lío, madre! Creo que estoy volviéndome loca. Así es que, informo, formalmente, que me retiro de mis profesiones. Ahora, me lanzo a esta nueva obligada aventura.

Lo que si me apena es, que el barrio entero debe estar acostumbrado a mis cartas y ya no les van a llegar. A la verdad, no sé si pueda seguir escribiendo. Yo me imagino que sí. Pero, he decidido, voluntariamente, encerrarme en esa cárcel que me aguarda y no participar de nada de lo exterior. No, madre, no vaya a pensar que me estoy castigando, porque después de todo, aquel infeliz se mereció su muerte. Simplemente, es que, por capricho propio, quiero decidir lo que me da la gana y, las ganas que tengo ahora, es la de encerrarme y no hablarle a nadie. Así es que discúlpeme con el barrio entero, pero dígales que no he cambiado, que la Negra Nicaela sigue siendo del diablo, haciendo lo que le da la gana.

Bueno, me despido, porque ya me llevan. Adiós.

La negra Nicaela del diablo

ɞOɞ

Diríamos mucho de lo que en verdad le aconteció a Nicaela en la cárcel de mujeres. Podríamos hacer un libro de las experiencias que, por casi veinte años, ha vivido la negra Nicaela. Sin embargo, la Nicaela escogió, voluntariamente, unas veces ser arquitecta de su propia historia, otras veces el anonimato. Últimamente, se encerró y no quiso comunicarse con nadie. Especificó a las autoridades, que ni una sola carta le pasaran, en caso de que alguien le escribiera. Así es que, debo respetar su decision y mantener en silencio esos años. Nunca faltará quién cuente. Pero más nada, después de su encarcelamiento, nada debe atarme a la Nicaela y ningún compromiso hay.

ঔO৯

Salió en libertad veinte años después, a sus cuarenta años. Cuando le preguntaron: "A donde se dirige?" dijo: "Al monte, ¿a dónde va a ser?" Así es que, Nicaela va camino a su casa, de regreso a su pasado, al que ahora piensa, que nunca debió abandonar.

Montarte en un taxi. Llegar a tu pueblo. Montarte en un carro público. Llegar a tu barrio para descubrir que nadie te reconoció. Que nadie te saludó. Que nadie te recibió. Pero lo más triste fué descubrir que tú no reconociste a nadie. Y sin pensarlo dos veces, te dirigiste, como un autómata, hacia tu monte, donde estaba tu casa. Para, seguir descubriendo, que nada es parecido a lo dejado una vez, hace hoy, exactamente, veinte años Que la casa era ahora una mansion desconocida, con habitantes desconocidos. Y cuando supiste que habían destruído tu monte para construir esas casas y un parque privado, te lanzaste a llorar como una loca.

"Y esa, ¿quién es?", parecía preguntar la gente. Pero lo que se escuchó fué: "¿Señora, podemos ayudarla en algo?" "¿A dónde se llevaron el barrio, a la gente?" "Perdón?" "Que donde está madre, don Aurelio, don José, doña Asunción, doña Carmita, el caballo Serafo, la vaca Nañá, los perros guardianes, lo..”. “Esa está loca”. “Y la tienda de don Fausto?” “Ah, don Fausto, a ese sí que lo conocemos. Mire, la tienda está al otro extremo del barrio. En el sector Miraflores, al final de la segunda calle, a mano izquierda”.

Nicaela no perdió ni un instante. Fué a parar a la tiendita en un abrir y cerrar de ojos. Reconoció, en el viejo estartalao sentado en una esquina solitaria del balconcito de entrada, al don Fausto de toda una vida. “¿Y tú quién eres, m'ija?” “¿No me reconoce, don Fausto? Soy la negra Nicaela”. “¿La negra Nicaela del diablo? Pero muchacha, ¿qué haces aquí?” “Ay, don Fausto, son muchas cosas que contar en poco tiempo. Ahora, lo que me interesa es saber qué se hizo el barrio”. “¿El barrio? Ay, m'ija, el barrio lo trasladaron a otros sectores, y que porque el lugar estaba hecho para el turismo. Esparcieron a cada cual por su lado y a mí me dejaron aquí. ¿Te imaginas? Destruir un barrio en un momento. Yo no sé dónde están los otros. Te digo, cada cual está en distintos lugares”. “Y a madre? ¿A dónde mandaron a madre?” “¿Tu madre? Pero...Caramba, Nicaela, ¡tú sí que tienes cosas!” “No, don Fausto, le juro que no sé donde está madre”. “Pero, ¿cómo que no sabes dónde está tu madre? ¿Acaso no se murió hace veinte años? Dios mio, muchacha, ¡tú si que estás más loca que nunca!” “¿Madre muerta?” “Pero, muchacha, si murió en tus manos. ¿De verdad que no te acuerdas? Murió en tus manos, Nicaela, cuando te dió conque, una serpiente que habías buscado en el monte, se metó dentro de ella. ¿No te acuerdas que decías que esa serpiente eras tú? ¿Que por fin habías encontrado a tu yo? Para sacarla de su cuerpo, le abriste las entrañas. Te preguntamos que por qué era tu yo y dijiste "Por lo del horóscopo chino. Se acercó solita, pero huyó de nuevo" Tú misma la mataste, contrayá, y tú misma la enterraste con tus manos. Después, saliste corriendo como alma que lleva el diablo, pero la policía te agarró a tiempo.! Ay, ¡m'ija!, tú siempre fuiste así, como loca. Pero, un juez dijo que eras mala, antes de mandarte a la cárcel de mujeres".

ᨀOᨁ

Después de deambular con la mirada fija en nada, por horas y como una muerta por las calles del nuevo barrio, te subiste a la montaña que colinda con el monte de tu infancia, convertido ahora, en un parque acuático. Sorpresivamente, viste un papalote que algún niño había dejado olvidado. Comenzaste a volarlo, como en una historia de las que leíste en los libros del escritor don Casimiro. Fué cuando se te ocurrió la idea. De hecho, no era una idea original, porque la habías leído del libro de don Casimiro, donde se cuenta de un niño que se había ido al cielo montado en un papalote. Entonces, pensaste si tú, si tú que ya no eras niña, podrías también montar en el papalote. La mejor forma de averiguarlo era tratando, así que, asustada, pero dispuesta, te montaste y te lanzaste al abismo de la montaña. No al extremo que da hacia el que fuera el monte de tu infancia, sino hacia el extremo contrario. Hacia el mar.

Para comunicarse con la autora, puede hacerlo a través de alguna de las siguientes direcciones:

mervincapeles@hotmail.com
Teléfono: 1 (787) 920-5153

Mervin Román Capeles
PO Box 1473
Yabucoa, P.R. 00767

Facebook: Mervin Román Capeles

www.LetrasCaribenas.com

Para ordenar copias adicionales, visite

Amazon.com

En Puerto Rico, llame al
(787) 793-4637

CPSIA information can be obtained
at www.ICGtesting.com
Printed in the USA
LVHW050159081019
633409LV00001B/343/P